조금 다른 행복

장애의 또 다른 이름

조금 다른 행복

박호숙 지음

▌프롤로그

　주말이다. 늦은 아침을 먹을 수 있는 기분 좋은 시간이다. 주말이면 딸이 타주는 맛있는 커피를 마실 수 있다. 오늘도 평범한 나의 일상이 시작되었다. 오늘은 무엇을 할까? 제일 하고 싶은 일은 '야시골'이라 부르는 뒷산에 산책하러 가는 일이다.

　지난 주말 뒷산에 올랐다. 반가운 매화가 피었다. 매화는 활짝 핀 모습도 예쁘지만, 아직 망울만 맺힌 꽃봉오리 상태도 예쁘다. 제일 예쁜 것은 이 두 가지가 어우러진 모습이다. 매화 향이 꼭 아기들의 분 냄새처럼 나를 붙든다. 그 사랑스러움에 계속 머무르고 싶었지만 봄이 오는 숲을 둘러보기 위해 발걸음을 옮겼다. 겨울나무들이 앞다투어 새싹을 틔우고 있는 모습이 보인다. 저 앞에 초록 소나무가 보이지만 봄은 단연히 연두다. 사람이 적은 샛길로 들어섰다. 살구나무, 참나무, 찔레나무, 소나무, 동백나무와 이름 모르는 여러 나무가 서로 어울려 봄을 준비하고 있다. 땅속 따뜻한 영양분을 받은 풀씨들도 꽃을 피워 봄이 왔음을 알린다.

　성장 속도가 다르고 싹을 틔우는 시기가 제각각인 나무들이 모여 아름다운 숲을 이루고 있다.

2001년은 내가 특수학교에 첫 발령을 받은 해다. 먹고사는 일이 우선이라 초등학교를 졸업하자마자 일을 시작했다. 외롭고 막막한 시간이었지만 '책'이 있어서 무사히 대학에도 올 수 있었다. 특수교육과 97학번. 나는 대학교 4학년이 될 때까지 교사가 되겠다는 생각을 단 한 번도 하지 않았다. '선생님'은 왠지 경직돼 보였기 때문이다. 그랬던 나는 교육실습 기간에 "선생님, 사랑해요."라며 마구 다가오는 아이들과 특수교육에 대한 열정을 가진 선생님들을 만나며 특수교사가 되었다.

이 책은 20년 차 특수교사인 내 시선에 담긴 나와 아이들이 행복을 찾아가는 일상 이야기를 담고 있다. '장애'는 일반 사람들에게 '불쌍함', '힘듦', '느림'으로 인식되는 경향이 있다. 이 책은 장애를 가진 아이들이 남들보다 느리지만 꿈을 이루기 위해 포기하지 않는 모습을 보여준다. 행복한 미래를 상상하며 끊임없이 도전하는 아이들을 통해 장애에 대한 인식을 개선하고자 한다.

숲의 나무처럼, 성장 속도와 싹을 틔우는 시기가 서로 다른 장애 아이들은 평범한 일상을 꿈꾸며 특별한 하루를 보낸다. 여기, 우리가 보내는 평범한 일상을 위해 특별한 노력을 하는 아이들 이야기가 있다.

초년 시절 서툰 선생님과 아이들이 함께 만들어낸 에피소드는 무궁무진하다. 한 명 한 명 하루하루가 내게는 큰 산처럼 다가왔다. 아이들이 하교 버스를 탄 후에야 긴장을 놓는다. 그것도 잠시, 학부모로부터 전화벨이 울리면 '아이에게 무슨 일이 생겼나?' 싶어 괜히 가슴이 두근두근 댄다. 가끔 '특수는 특수다' 하는 일도 경험한다. 아이들 교육과 진로에 대해 동료 교사와 함께 고민을 나누는 시간이 나를 영글게 했다.

그동안 지적장애, 발달장애, 지체장애 학생들을 만났다. 한 해를 제외하고 18년 담임을 하며 아이들이 꿈꾸고 노력하며 성장하는 시간을 볼 수 있었다. 공격 행동을 할 때도 의기소침한 모습도 스스로 행복을 발견하는 모습도 함께했다. 자녀가 성장할수록 깊어지는 부모의 고민과 더욱 깊어지는 큰 사랑을 지켜보며 먹먹함에 표현할 수 없는 마음을 달랠 때도 있었다.

다시 산책길로 가보자! 상수리나무 옆의 키 작은 찔레나무가 햇빛을 받아 연둣빛을 발한다. 어렸을 적 어머니는 가마솥에 찔레나무를 삶아 가시를 훑어내고 노끈으로 한 땀 한 땀 엮어 바구니를 만들었다. 색색의 노끈으로 문양을 넣어 만든 널따란 채반이 참 예뻤다. 수돗가 담장에는 채반 두세 개가 자주 올라 있었다. 봄이면 데친 쑥과 고사리를 말리고, 가을이면 무와 호박도 말렸다. 이렇게 말린 나물은 다음 해 봄나물이 올라오기 전까지 우리 가족의 입맛과 건강을 담당했다.

샛길을 빠져나와 넓은 길로 들어섰다. 3월의 숲은 겨울과 봄이 공존한다. 봄을 알리는 꽃과 새싹들을 카메라에 담으며 길을 따라 올라갔다. 눈앞에 투박한 나무껍질이 서로 엇갈리며 위로 쭉쭉 뻗어 있는 나무가 보인다. 곁들이 농사일로 자식을 키워낸 어머니의 투박하고 거친 손등 같다. 나무도 제 속살은 새끼에게 내주고 자신의 등이 터지는 것쯤은 아랑곳하지 않는구나! 정오를 지나가는 햇살이 숲을 가득 비추고 있다. 나는 잠시 나무에 등을 기대고 햇살을 느껴본다.

숲은 나무들이 새싹을 늦게 틔운다고 나무라지 않는다. 나무마다 틔우는 시기가 다름을 알고 그저 기다린다. 싹은 제가 올라오는 날을 기다렸다 틔운다. 각각의 나무들은 그 자리에서 필요한 만큼의 태양과 토양을 먹고 자라며 아름다운 숲을 이룬다.

봄이면 아이들과 함께 가까운 두류산으로 현장학습을 나간다. 가벼운 등산을 하며 계절의 변화를 직접 보면서 느껴보기를 바랐다. 두류산에 봄이 오면 지천으로 널린 개나리와 철쭉이 장관이다. 우리는 대구문화예술회관 뒤편의 완만한 길을 좋아한다. 4, 5월에 그 길로 들어서면 우리가 가는 길마다 찔레꽃이 나와서 반겨준다. 조금 더 안쪽으로 들어가면 제법 덩치 큰 나무들이 있다. 아이들과 나무 소리를 들어보기로 했다. 모두 나무 한 그루를 안고 바짝 귀를 대고 소리를 듣는다. "어, 선생님! 소리가 들려요!" 나무 소리를 발견한 아이들이 너도나도 소리를 지른다. 아이들이 발견한 나무 소리로 숲이 시끄러워졌지만, 함께 간 선생님들은 그저 눈빛을 나누며 웃는다.

2020년 4월

박호숙

▌목차

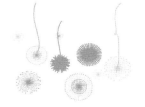

제5장. 특수한 행복

1장

20년 차

특수교사

01

나랑 안 맞아

　중국에 있는 셋째 동생에게서 전화가 왔다. 나를 설득해보라는 엄마의 이야기가 있었던 모양이다. 특수교육과 등록 마감일이 하루 남았다. 이틀 전, 대학 입학 등록을 재촉하는 엄마와 새벽까지 실랑이했다. 우등생 콤플렉스가 있던 나는 한 해 더 공부해서 장학생으로 입학하고 싶었다. 초등학교 시절, 오빠와 동생이 공부를 잘해서 부모님 사랑을 받는다고 생각했다. 오빠와 동생을 부러워했던 기억이 오랫동안 나를 우등생 콤플렉스 상태로 머물게 했다. 장학생 타이틀을 가지면 살아가는 데 큰 힘이 될 것 같았다. 돌이켜 보면 당시 동생에게 설득당해 입학하길 잘했다는 생각을 한다. 동생은 입학식만 하고 바로 휴학하는 방법이 있다는 감언이설로 나를 설득했다. 입학식 날 학과장실로 곧장 갔다. 엄마가 아프니 휴학을 해야 한다고 했지만 그런 이유로는 휴학이 안 된다는 대답을 들었다. 휴학 핑곗거리로 농사일만 잘하고 계시는 엄마를 아픈 사람으로 만들었지만 결국 학교에 다녀야만 한다는 사실에 잠시 힘이 빠졌다. 34살. 나는 특수교육과 97학번이 되었다. 동기들은 14살 어린 동생들이다.

1977년 2월 14일, 초등학교 졸업식이 3일 전에 있었다. 부산에 계시는 고모가 나를 데리러 왔다. 초등학교 3학년 때 처음 버스를 타 보고 두 번째 버스를 탔다. 고속버스 안에서 고모가 누런색 비닐 포장에 쌓인 알사탕을 주셨다. 가족을 떠나 낯선 부산으로 가고 있는 나는 고모가 건넨 알사탕을 얼른 먹지 못하고 만지작거리며 창밖만 바라봤다. 차창 밖으로 지나쳐 가는 나무들과 멍한 내 눈이 얼핏 지나쳐 갔다. 집과 부모 곁을 떠나는 게 싫었다. 고모 댁이 파산하여 6개월 만에 다시 고향에 내려갔다.

모교인 초등학교에서 6개월을 지냈다. 월급을 받았다. 오천 원이었던가? 기억이 아련하다. 선생님 심부름도 하고 태극기도 게양하고, 수업 시간과 쉬는 시간을 알리는 종도 쳤다. 땡! 땡! 땡! 이제는 추억 속으로 사라진 종소리가 새삼 그립다. 아침이면 교복을 입고 중학교로 향하는 친구들의 모습을 담장 너머로 보곤 했다. 교복 입은 친구들의 모습은 의젓하고 예뻐 보였다.

이듬해 2월 설날. 서울에서 섬유회사에 다니고 있던 사촌 언니들이 내려왔다. 엄마에게 떼를 써서 사촌 언니들을 따라 서울로 상경했다. 70년대 말 서울 가리봉동은 미싱 돌아가는 소리만 들리는 것 같았다. 1년 후, 손재주가 있다는 평을 받은 나는 미싱을 했다.

교복 입은 친구들 모습을 훔쳐보던 내 꿈은 영어 동시통역사였다. 중학교 진학은 못 했지만, 회사에서 일하며 저녁이면 영어 공부를 할 수 있었다. 가리봉동 시장 근처 서점에서 영어책을 사서 공부를 했다.

고향이, 부모님이 그리울 때면 친구와 기숙사 마당에 나와 노래를 불렀다. '달 밝은 가을밤에 기러기들이~~' 애써 이 노래를 부르며 눈물을 흘렸던 기억이 났다.

70년대 말 가리봉동 풍경은 신경숙 작가의 '외딴 방'에도 잘 묘사되어있다. 닭장 같은 집들. 그 풍경 한 편엔 열여섯 살 내 마음의 생채기 하나도 자리하고 있다.

2년의 서울 생활을 마치고 1980년 새해 작은아버지와 사는 오빠가 있는 부산으로 내려갔다. 고향에 계시는 부모님은 걱정을 조금 덜었을 것 같다.

26살을 넘기며 친구들이 하나둘 결혼한다는 소식이 들려왔다. 학력도 없고 공장에서 일하며 보내고 있던 나는 불확실한 미래 생각에 힘든 시간을 보냈다. 결심이 필요했다. 29살에 검정고시를 준비했다. 4월 중학교 과정에 합격하고 같은 해 8월 고등학교 졸업 과정에 합격했다.

지금 근무하는 곳은 매년 4월과 8월에 실시하는 장애인 검정고시 고사장으로 사용하고 있다. 시험장에 오는 장애인분들을 보면 남다른 마음이 들어 포기하지 말고 열심히 하라고 응원을 한다.

결혼해서 김해에 살고 있던 동생이 조카를 업고 꽃다발을 사 들고 축하해 주러 왔다. 그 꽃다발은 오랫동안 학원 사무실 꽃병에 꽂혀 있었다.

검정고시 합격은 특수교사의 길로 다가가는 전환점이 되었지만, 무엇보다 엄마에게 칭찬받은 일이 내 인생에 큰 힘이 되었다. '장하다'라는 엄마 한 마디에 그동안 힘들었던 마음이 눈 녹듯 사라졌다. 자라는 과정에서 칭찬받은 일도 있었겠지만, 워낙 오빠와 동생이 바른 모습이어서 조금 제멋대로였던 나는 꾸지람을 많이 들었다.

가족에게 칭찬받고 인정받는 것은 살아가는 데 큰 힘이 된다. 검정고시 합격은 내 인생에 작은 전환점이 되었고 97년 나는 대학생이 되었다.

대학 1학년 때 지적장애 학생들이 있는 특수학교에서 자원봉사 활동을 시작했다. 초등부 6학년 교실에 배정을 받고 매주 목요일 봉사 활동을 나갔다. 시간이 지날수록 나도 아이들도 눈을 마주 보며 이야기하는 시간을 기다리게 되었다. 반갑게 맞아주는 아이들이 내 마음에 남았다. 2학년이 되면서 봉사 활동 기관을 옮겼다. 다양한 장애 영역에서 봉사 활동을 하며 아이들을 만나고 싶었다. 시각장애 학생들이 다니는 특수학교 유치부에서 자원봉사 활동을 했다. 작은 아이들이 말하는 모습을 보면 귀여워서 웃음만 나왔다. 내 목소리를 흉내 내기도 했다. 몸을 돌려 다른 방향을 바라보고 이야기를 하면 얼른 알아챈다. "선생님, 지금 뭐 보고 있어요?"

고집을 부리는 아이를 능수능란하게 지도하는 선생님 모습을 보며 '나도 나중에 저렇게 역량 있는 선생님이 될 수 있을까?' 생각을 해봤다.

특수교육과에서 공부하면서도 나는 교사가 되겠다는 생각을 하진 않았다. 그저 공부하고 싶어서 수학능력시험에 응시했다. 성적표를 받고 어떤 공부를 할지 고민을 했다. 특별한 재능이 없고, 책 읽는 것을 좋아하며, 감성적이고, 역사와 같은 스토리에 관심이 많았다. ○○대학교 미술평론에 원서를 하나 내고, 한 곳을 더 내기 위해 고민하고 있을 때였다. 중국에 있는 동생이 내게 이야기를 해 주었다.

"언니, 언니는 옛날부터 부모가 없는 아이들에게 가족 울타리를 만들어 주는 일을 하고 싶다고 했잖아, 비슷한 성격인데 ○○대학교에 특수교육과라고 있어."

"그랬지! 그런데 특수교육과는 어떤 공부를 해?"

"응, 언니, 사범대학인데 장애 학생들을 가르치는 선생님이 되기 위해 공부하는 과야"

그동안 나의 삶은 먹고사는 일을 해결하는 여정이었다. 그래서인지 2학년 1학기 전환 교육을 공부하면서 특수교육 대상 학생들의 학령기를 지난 성인의 삶에 관심을 두기 시작했다. 교수님이 미국 특수교육 사례 하나를 영상으로 보여줬다. 다운증후군 아이들이 커피숍에서 서빙을 하는 모습과 청소 대행업체에서 일하는 모습이었다. 그 영상을 보고 내가 할 일을 정했다. '대학을 졸업하면 우리나라에서 석사 공부를 한다. 우리나라 장애 학생들 졸업 후 진로와 직업군을 조사하자. 그리고 선진 사례 연구를 할 수 있는 외국 대학에 가서 박사 공부를 하고 오자. 최종 목표는 우리나라에 돌아와서 학교와 지역사회 일터를 연결하는 일을 하자!' 나는 직업과 관련된 행정 업무를 하고 싶었다. 이리저리 발로 뛰면서 학생들이 할 수 있는 직업을 찾거나 개발하여 학생들과 연결하는 일을 하고 싶었다. 일하며 살아가는 것이 중요하다고 생각했다. 아이들을 가르친다는 생각은 아예 없었다. 교사라는 직업이 근거 없이 고리타분하다고 생각했다. 그래서 나랑 맞지 않는다고 생각했다.

나는 액세서리를 좋아하지 않는다. 옷도 여유 있게 입는다. 답답함을 못 참고 무엇엔가 구속되면 갑갑증을 느낀다. 스물네 살 때던가? 일하다 갑갑함이 들어 조퇴했다. 회사에서 나와 김해 방향 버스를 탔다. 버스가 김해 공항대로를 달리면 마음이 조금 시원해진다. 눈은 아무 목적 없이 창밖 풍경만 바라본다. 요즘 여행할 때도 창밖 풍경 보는 것을 좋아한다. 여행 목적의 30%쯤 되는 것 같다. 계절의 변화도 보고, 저곳에서 사는 사람들의 삶은 어떨까? 이런 자연환경에서 살면 마음에 무엇이 담길까? 저곳의 나무는 항상 저 자리에 있겠지?

주로 도서관에서 지냈다. 책을 읽거나 논문 제목을 읽으며 당시 특수교육에 대한 이슈를 알아보는 일이 즐거웠다. 열네 살 어린 동기들과도 곧잘 어울렸다. 동기들은 마음 씀이 남달랐다. 그때 내 주변 사람들에게 자주 했던 말이 있다. "특수교사가 될 학생들은 따로 있다는 생각이 든다."

이야기를 나누며 따뜻한 마음과 배려 그리고 특수교육에 대한 열정이 남다름을 느끼곤 했다.

나랑 맞지 않을 것 같아서 선생님이 되리라는 생각을 단 한 번도 안 했던 나는 어느새 4학년이 되어 교육실습을 나갔다.

02

그때 만났던 아이들

5월, 교육실습 1일 차. 이른 아침, 정문으로 들어서니 20m 거리에 있는 학교 간판이 눈에 확 들어왔다. 순간, 길게 공기를 들이켜며 심호흡을 했다. 운동장 공기는 맑고 부드러웠다. 발걸음을 멈추고 옷매무새를 확인한 후 현관을 향해 걸어갔다. 같이 실습을 나온 동기들도 바짝 긴장한 모습이 역력했다. 우리는 짧은 눈인사만 나누고 배정받은 교실로 이동했다. 지난번 인사 왔을 때 따뜻해 보였던 교실이 거대한 공룡 집처럼 보였다. 선생님께 아이들에 관한 이야기와 학급 운영에 대한 유의 사항을 듣고 등교하는 아이들을 맞이하러 나갔다. 10명의 아이 중 2명은 엄마와 함께 온다고 했다. 8명이 4대의 통학버스에 나뉘어 타고 오는데 그중 4명은 스스로 교실을 찾아갔다. 나는 다른 4명의 학생을 교실까지 잘 데리고 갔다. 정신없이 하루가 지나갔다. 아이들과 어떻게 인사를 했는지, 무슨 일을 어떻게 했는지 기억이 안 난다.

눈이 동그란, 과자를 좋아하는 아이가 있었다. 5월 5일 어린이날을 하루 앞두고 담임선생님과 함께 선물을 준비했다. 과자 선물 포장을 했는데 아이가 봤다. 먹고 싶다고 온몸으로 표현하며 내 앞을 왔다 갔다 한다. 나에게 강렬한 눈빛을 보냈지만, 그 눈빛에 대한 의미까지는 이해를 못 했다. 먹는 것을 빨리 나눠주지 않는 나는 머리채를 잡혔다.

그 후로 아이들의 행동 하나하나를 세심하게 살폈다. 교생실습이 끝나는 날 담임선생님께서 아이들을 잘 살핀다며 칭찬을 했다. 관찰력은 그때부터 지금까지 나의 교직 생활에 강점이 되고 있다. 그리고 언어표현이 자유롭지 못한 중증의 장애가 있는 아이들과 원활하게 의사소통하는 방법에 관심을 기울이기 시작했다.

2000년 5월, 1달 교생실습 기간이 꼭 3개월처럼 느껴졌다. 고집쟁이 아이들은 친화력도 좋았다. 등교해서 아이들이 하교할 때까지 나는 수차례의 사랑 고백을 들었다. 사랑 고백이 훅 들어온다. 나도 훅 받아친다. 한 아이가 고백하면 뒤질세라 다른 아이가 얼른 따라 말한다.

"선생님, 사랑해요"

"선생님, 사랑해요"

"응, 선생님도 사랑해"

요즘 사랑 고백은 간단하다. 엄지와 검지를 살짝 엇갈리게 포개면 된다. 당시는 머리 위로 두 팔을 동그랗게 모아 맞닿은 두 손끝을 정수리에 살짝 내려놓는 방법이 유행했다.

사랑이 이리도 쉬웠던가? 37살 아직 결혼 못 한 나는 아이들의 사랑 고백을 수집했다. 매일매일 이어지는 아이들의 사랑 고백은 나를 착각에 빠지게 했다.

"얘들아, 내가 선생님 자질이 있나 봐"

동기들과 저녁을 먹으며 자랑을 하느라 바쁘다. 나뿐만이 아니었다. 경쟁이라도 하듯 동기들도 아이들 사랑 이야기를 풀어 놓는다.

드라마든 영화든 흔한 사랑 영화는 꼭 배신이 뒤따른다. 쉬운 사랑은 깨지기도 쉬운 법. 나에게도 그 시련은 어김없이 다가왔다. '교육실습의 꽃'이라 할 수 있는 연구(공개)수업 일을 하루 앞두고.

교육실습생이 많아 연구수업은 과정별로 한 명씩만 했다. 나는 공개수업을 했다. 공개수업 자는 혼자서 수업 준비를 했다. 연구수업 자는 실습생들이 모두 모여 수업 준비를 함께한다. 교재를 같이 만들고 수업 제재에 맞는 교실 환경구성을 함께하며 배우는 점이 많았다.

공개수업 주제는 모형 자판기 이용하기였다. 국어와 사회 수학 과목을 융합했다. 학교 근처 전자 대리점에 가서 냉장고 상자를 구해와 모형 자판기를 만들었다. 나이 많은 교생이라 야단도 많이 못 치고 기다려주시던 담임선생님께서 내가 준비하는 모습이 어설퍼 보였는지 자료 제작에 함께해 주셨다. 1년 휴학을 하고 있던 동기에게 당일 자판기 안쪽에 앉아 음료와 거스름돈을 내주는 일을 해 달라고 부탁을 해 뒀다.

드디어 공개수업일, 모둠 형태로 수업을 진행했다. 아이들은 자판기 메뉴를 알고 내가 원하는 음료를 정해서 동전과 지폐를 가지고 자판기 앞으로 간다. 자판기 음료숫값을 넣고 사고자 하는 메뉴를 말한다. 버튼을 눌러서 원하는 음료를 꺼내 마실 수 있다. 음료숫값도 알아야 하고 거스름돈이 얼마일지도 알아야 한다. 상황에 맞는 대화법도 익힌다. 아이들은 모둠 구호를 외치며 열심히 참여했다. 수업에 참여해야 내가 원하는 음료를 마실 수 있다는 생각을 했을 테다.

공개수업 하루 전. 남자아이를 하교 버스에 태우기 위해 손을 맞잡고 버스로 향했다. 갑자기 아이가 자신이 탈 통학버스가 아닌 다른 버스로 향했다. 얼른 뒤따라가서 그 애가 타야 할 버스로 가자고 말하며 손을 이끌었다. 아이는 대꾸도 안 하고 문 입구를 양손으로 꽉 잡고 버스 안을 바라보고 있다. 말 표현이 안 되는 아이로 주로 몸짓이나 소리를 내서 의사소통했다. 통학버스 출발 시각이 다가오니 내 마음이 급했다. 몇 차례 버스로 가자고 말을 하며 팔을 잡아당겼다. 버스를 놓칠까 봐 속이 탔다. 다시 한번 힘껏 팔을 당겨 가자고 말하려는 순간, 아이의 팔이 사정없이 내 얼굴로 날아들었다. 순간, 너무 아파서 아무 말도 나오지 않았다. 아, 이런 것이구나. 눈앞에서 별이 반짝한다는 것이. 주변에는 이 상황을 지켜보던 여러 선생님이 있었다. 모두 아이들을 하교시키는 중이었다. 내가 얼굴을 감싸 쥐자 가까이 있던 한 선생님이 다가왔다.

선생님께서 한마디 하셨다.

"00야, 차 타러 가자"

아이는 자연스럽게 선생님과 함께 버스로 갔다. 순간 나는 얼굴이 아픈 것도 잊고 멍해졌다.

"아니, 어떻게 저럴 수가. 내가 그렇게 가자고 할 때는 안 가더니. 저 선생님께서는 무슨 마술을 부리신 거지? 비결은?"

선생님을 따라가는 아이의 뒷모습에 대고 내 마음이 외쳤다.

"얘야, 사랑이 어떻게, 그렇게 쉽게 변하니? 친구들이 하트 만들어 사랑 고백할 때 너도 그 옆에서 같이 웃고 그랬잖니!"

그날, 아이를 통학버스에 태워 주셨던 선생님께서 아이가 다른 버스에 매달린 비밀을 알려 주셨다. 수요일이면 가끔 버스를 타는 좋아하는 학생이 있는데, 그날은 꼭 그렇게 가서 얼굴을 보고 온다고. 나는 궁금했다. 그전 2주 동안은 이런 일이 없었다고 여쭤봤다. 아마도 이전 2주는 좋아하는 여학생이 타지 않는다는 걸 미리 알고 있었던 듯하다고 말씀하신다. 그랬구나. 내가 사전에 그 정보를 몰랐구나. 그러니까 나는 우리 반 학생이 좋아하는 그 아이들 충분히 바라볼 시간을 주지 않았다. 충분히 봤을 때 선생님께서 가자고 하셨던 거고. 처음으로 뺨을 맞은 나는 충격이었다. 그날 저녁 내내 걱정이 되었다. 이 기분으로 내일 공개수업을 할 수 있을까?

공개수업은 무사히 잘 마쳤다. 담임선생님께서 교감 선생님을 모시고 와 수업에 관한 내용을 설명해 주시는 모습이 눈에 들어왔다. 교생이라고 왔으나 나이가 한 살 차이밖에 나질 않아 지도할 때 마음대로 야단도 치지 못하셨을 텐데. 담임선생님께서 조금이라도 흡족해 하셔서 마음이 놓였다. 무엇보다, 어제 그 아이도 나도, 모두 즐겁게 수업에 참여했다는 것에 만족했다. 물론 미숙한 점투성이였지만.

길게만 느껴졌던 한 달이 훌쩍 지나고 아이들과 헤어질 시간이 다가왔다. 아이들에게 줄 선물을 준비하고, 한 명 한 명에게 편지를 쓰며 교육실습 기간을 마무리하고 있었다. 마지막 날, 반장 아이가 쭈뼛 쭈뼛 걸어 나오더니 반쯤 울먹이는 목소리로 편지를 읽었다.

"선생님, 사랑해요. 가지 마세요."

교실이 눈물바다가 되었다. 얘들이 또 내 마음을 흔드네.

그때 얘들이 흔들어 놓은 마음이 바탕이 되어 지금 나는 특수교사로 살고 있다.

03

열정과 숭고함

　'교육의 질은 교사의 질을 넘어설 수 없다.' 이 말은 교사인 나의 삶을 안내하는 나침반이다.

　'최고는 못 되더라고 최소한 부끄럽지 않은 특수교사가 되자'라는 생각으로 20년째 학교생활을 하고 있다. 교육실습을 나오기 전, 우리를 학교 현장으로 보내는 지도 교수님께서 걱정이 되셨는지 당부 말씀을 하셨다.

　"여러분, 독일 교육자 루돌프 슈나이더는 '교육의 질은 교사의 질을 넘어설 수 없다.'라고 말했습니다. 교육제도와 교육 시설이 아무리 좋아도 교사가 지닌 교육에 대한 태도와 학식이 학생들의 교육적 성취에 미치는 영향을 따라올 수 없습니다. 많이 보고 많이 생각하고 많이 느끼고 오세요. 최선을 다해야 합니다."

　"네, 잘하고 오겠습니다. 교수님!"

　자식을 물가에 내놓는 부모의 심경이 교수님에게서 느껴졌다. '잘

할 수 있을까?' 걱정되고 불안한 내 마음에 교수님 말씀이 깊게 와닿았다. 한편으로는, 4년 동안 교육철학과 교직 이수에 필요한 여러 교육과정을 공부했으니 "나는 잘할 수 있을 거야"라는 위험천만한 생각도 했다.

교육실습을 하며 '선입견' 단어의 실체를 깨닫게 되었다.
"'교사'는 보수적이고 융통성이 없어, 나는 기질적으로 그런 직업이 어울리지 않아"
교사에 대한 나의 선입견은 어디서 시작되었는지 모른다. 내 마음이고 내 생각인데 알 수가 없다. 교육실습을 나오기 전까지 선생님이 되겠다는 생각을 한 번도 해 본 적이 없다. 그런 내 생각을 바꿔 주는 계기가 찾아왔다.

교사에 대한 나의 선입견을 바꿔 준 '교사'를 만났다. 그것도 여러 선생님을. 교육실습을 하는 동안 몇 차례 저녁 식사 자리가 있었다. 학생들과 기본 업무 처리로 좌충우돌 긴장된 하루 일과를 마치고 나서 하는 저녁 식사는 꿀맛이다. 편안하게 저녁을 먹고 차를 마시면서 선생님들의 '교사로서의 삶'에 대한 이야기에 집중했다. 교육실습을 나올 때 해 주셨던 교수님 말씀대로 많이 듣고 많이 배우고 싶었다. "교사로서 삶에 대한 철학이랄까? 이런 이야기를 나누는 시간이 진짜 교육실습이야"라고 말하는 동기들도 있었다.
교직에 뜻이 없었던 나를 흔들어 놓은 것은 자꾸만 사랑한다고 말해 주는 아이들과 하루 일과 후 저녁 식사에 참석하여 선생님들의 '특수교사로 살아가고 있는 삶'에 대한 이야기를 듣고 나서다. 나는 특수교사로서 열정과 아이들을 향한 사랑하는 마음과 또 끊임없이 자기 계발을 하며 삶을 꾸려가는 '교사'를 만났다. 그 시간이 없었다면 교사에 대한 근거 없는 선입견으로 아마도 지금 다른 일을 하고 있지 않았을까?

저녁 늦게까지 끙끙대며 지도안을 짜고 다음 날 담임선생님으로부터 수정 권고를 받으면 다시 수정하기를 반복했다. 아이들과도 정신없이 지냈다. 학교 선생님들은 교육실습 나온 우리를 따뜻하게 대하는 것 같다가도 냉정하기도 했다. 아이들을 지도할 때는 우리 반 교생이든 남의 반 교생이든 잘못되었을 때는 따끔하게 주의를 시키기도 했다.

몇 차례 2부가 있었다. 선생님들을 대하는 데 긴장과 어려움이 조금 사라지고 편안한 분위기가 되자 학생 지도의 어려운 점들을 이야기했다. 선생님께서는 이런저런 사례를 들어가며 피드백을 해 주셨다. 동기들도 하나하나 어려운 점들을 털어놓으며 선생님들께 피드백을 받는다.

"지도안대로 수업이 되질 않아요, 분명 40분 수업에 적절하리라 생각하며 수업을 설계했는데 20분 만에 끝났습니다."
"수업을 마치려면 5분 남았는데 학생이 그때 화장실에 간대요, 5분 남았으니 참아 보자고 하니 책상을 두드려서 결국 수업을 못 했어요. 이때는 어떻게 해야 할까요?"
"한 명에게 개별 지도를 하고 있을 때 나머지 학생들에게는 어떻게 해야 할까요?"

나는 재미있는 수업을 하려고 했다. 아무리 필요하고 좋은 내용이라도 재미가 없으면 아이들이 집중을 안 한다. 수업을 마치면 아이들에게 꼭 그렇게 물어본다.

"얘들아, 오늘 재밌었어?"

우리 반 아이들은 모두 까르르까르르 잘 웃는다. 아이들을 집중시킬 수 없을 때면 수업 중간마다 얼굴 가면을 쓰고 등장을 해야겠다고 생각했다. 좋아하는 동물이 무엇인지 물어봤다.

"얘들아, 좋아하는 동물 이름이 뭐야?"

"토끼 좋아요, 히히."

"호랑이 좋아요, 우왕!"

아이들이 좋아한다는 토끼와 호랑이 가면을 밤늦게까지 만들었다. 다음날 가면을 활용하여 수업할 생각에 마음이 들떴다. '아이들이 분명히 좋아하겠지?' 수업이 시작됐다. 수업 지도안에도 가면을 활용할 타임을 연필로 메모해 두었다.

야심 차게 준비한, 아이들을 집중시키기 위한 가면 활용은 100% 성공이었다. 가면 활용만 성공이었다. 아이들은 서로 가면을 써 보겠다고 했고, 나는 수업 내용을 전달하고자 했다. 동상이몽이었다.

내가 준비한 수업은 20분 만에 끝났다. 아이들은 가면 놀이를 하며 40분 수업에 적극적으로 참여했다.

내 이야기를 들으신 선생님이 피드백해 줬다.

"수업 지도안에 나타나지 않은 아이들의 반응을 생각해야 합니다. 아이들이 반응할 때 그것을 탄력적으로 받아들여서 수업 중간에 선회해도 됩니다. 아이들의 반응을 잘 활용하여야 좋은 수업을 할 수 있습니다. 좋은 수업이란 아이들의 변화를 이끄는 것이라고 생각합니다."

"교육의 질은 교사의 질을 넘어설 수 없습니다. 지금 하시는 것처럼 꾸준히 정진하시면 좋은 선생님이 되실 겁니다."

반성했다. 20분 만에 수업이 끝나 버렸다고 생각했는데, 아이들이 가면을 쓰고 웃고 즐거워했던 나머지 20분도 수업으로 이끌어야 했구나. 피드백을 준 선생님께 진심으로 감사한 마음이 들었다. 교육실습생 이야기를 듣고 그동안 교육경험과 교육철학을 바탕으로 차근차근 이야기해 주시는 모습을 보고 감동하였다. 이 시절 나는 욕심 많고 이기적인 마음이 많았다. 그래서 자신의 지도 학생도 아닌 나를 '예비교사'로 대하며 여러 이야기를 해 주신 선생님들의 고매한 인품에 존경심이 생겼다. 교육실습이 끝날 때까지, 나는 적극적으로 여러 선생님을 멘토로 맞이했다.

그날은 오고 가는 대화 내용에 귀를 기울였다. 이미 선생님들께 감동하였기 때문에 말씀 하나하나를 귀담아 두고 싶었다. 3시간 동안 한 주제에 대해 끊임없이 이야기가 오고 갔다. 주제는 '우리 반 애들 이야기'였다. 고집부린 아이, 감동 준 아이, 오늘 새로운 글자를 깨우친 아이, 친구를 괴롭힌 아이, 집안 형편으로 가족의 보살핌이 부족한 아이, 예쁜 교생 선생님만 바라보는 아이 이야기 등등. 3시간 동안 묵언 수행하듯 고개만 끄덕이며 선생님들의 '우리 반 애들 이야기'를 들었다. 이야기 속에 선생님들의 빛나는 얼굴이 보였다. 순수한 모습으로 눈꼬리가 즐겁다. 고집쟁이 지도 방법을 같이 고민하며 미간을 모

으기도 하고, 특수교육의 어려운 상황들에 관한 이야기로 고뇌하는
다양한 표정을 보았다.

"이런 게 열정이구나!"

부끄러웠다. 집으로 돌아가는 내내 나는 말이 없었다. 교사에 대한
선입견이 벗겨지는 시간이었다.

04

마음의 변화

대학 3학년 2학기에 접어들자 임용시험을 준비하는 동기들이 하나둘 늘어났다. 요즘에는 대학 1학년부터 임용시험 공부를 하지만 당시 임용시험 공부는 3학년이 돼서 했다. 1, 2학년 때는 대부분이 특수학교에 나가 자원봉사자 활동을 하며 장애 학생들을 알아가는 시간을 가진다. 선배들로부터 '이론과 현실은 다르다'라는 이야기를 많이 들었다. 나도 특수학교에서 대학 2학년 때까지 자원봉사를 했다. 당시 교사가 된다는 생각이 없었기 때문에 무엇을 할지 진로를 결정짓지 못하고 있었다.

전환 교육에 관한 관심이 있었지만, 연변에서 특수교육을 하고 싶다는 생각도 있었다. 1학년 2학기 때 연변 특수교육 관계자들이 견학을 나왔다는 소식을 들었다. 정확히 어느 곳으로 왔었는지는 기억이 안 난다. 그 후로 자연스럽게 북한과 연계하여 생각하게 되었고, 나는 북한의 특수교육 상황이 궁금했다. 논문을 찾아봤지만, 북한 특수교육에 대해 속 시원하게 들을 수 있는 정보는 찾지 못했다.

"졸업하고 연변에 가서 특수교육을 할까? 연변에 있다가 통일이 되어 북한에 가서 특수교육을 한다면?"

진로에 관한 생각이 막연해서 문어발처럼 많은 거리를 열어 놓았다. 중국에 동생이 살고 있었기에 연변으로 나가볼까 하는 생각도 컸다.

"그래, 지금 우리나라 상황을 보니 한 20년 후쯤 되면 통일이 될 거 같다. 졸업하면 연변으로 일단 가자"라고 생각하며 북한에 대한 서적들을 찾아 읽었다. 2학년이 되어 교과목을 정할 때 '국어' 교과를 선택했다. 우선 연변과 북한에서 특수교사를 하려면 우리말에 대한 과목을 가르쳐야 쉽게 접근할 수 있겠다는 생각이었다. '전환 교육' 공부를 하며 장애 학생들의 학령기 이후 삶에 관해 관심을 기울이기 시작했다.

친구들이 중학교 2학년 여름 방학을 맞이했을 때, 서울에서 일하고 있던 나는 뽀얀 얼굴에 긴 머리를 하고 휴가를 맞아 고향에 내려갔다. 사촌 언니들과 영등포 시장에서 산 예쁜 옷을 입고. 친구들과 어울리면서 마음이 자꾸 뒤로 숨고 있는 나를 발견했다. 학교에 다니고 있는 친구들이 부러웠다. 32살 때까지 서울과 부산에서 생계 수단으로 여러 가지 일을 했다. 학원에서 수능 공부를 할 때도 주말에는 전단을 붙이거나 포장 이사 일을 했다. 포장 이사를 따라다닌 날은 집에 들어가자마자 곯아떨어진다.

세상에 공짜는 없다. 고단했으나 짬을 내 사색을 즐기고 독서를 하거나 여행을 즐겼다. 시간과 경제력에 여유가 없었으니 한 권의 책과 어쩌다 가게 된 여행은 무척 소중했다. 낙천적인 성격과 고단한 환경이 만나서 나를 튼튼한 사람으로 성장하게 했다. '내 삶의 집'을 지은 든든한 주춧돌 중 하나는 그때 세워졌다.

엄마는 가끔 말씀하셨다.

"먹고사는 것만큼 중요한 일이 어디 있냐?" "온종일 땅을 파봐라, 10원짜리 하나 나오는가!", "부지런히 살면 언젠가는 좋은 일이 생긴다. 그러니 열심히 살아야 한다." 마흔넷에 아버지께서 돌아가시고 홀로 6남매를 키우신 엄마의 생활철학이다.

생산적인 일을 하는 것은 중요하다. 그 대가로 돈도 많이 벌면 좋겠지. 사회적 동물인 인간은 사람들 틈에 섞여 함께 어울려 사는 삶이 자연스럽다. 사람들을 만나 이야기도 나누고 함께 밥도 먹고, 팔도 살짝 부딪치며 온기도 나누고.

내가 다녔던 대학교와 교육실습을 했던 학교는 운동장을 사이에 두고 불과 200m 거리에 있다. 그래서 등하교 시간이나 운동장에서 아이들을 자주 볼 수 있었다. 아이들이 먼저 알아봐 주며 다가오면 아무리 바빠도 멈춰서서 반겨주었다. 예쁜 아이들이 건강하면 좋겠고 행복했으면 좋겠다는 생각과 '고등학교를 졸업하면 어떻게 지내지?'라는 생각에 자꾸 마음 쓰이고 불편했다. 장애가 있지만, 장애 정도에 따라 얼마든지 일을 할 수 있다고 교수님도 말씀하셨고, 책에도 그렇게 쓰여 있으며, 나도 그렇게 생각했다.

'장애가 있는 학생들은 졸업하면 무엇을 할까? 어떤 곳을 갈까?' 또 '무엇을 할 수 있을까? 어떤 일을 할 수 있을까?'

교생실습을 다녀온 후 교사에 대한 선입견을 버렸다. 선생님이 되고 싶은 마음도 생겼다. 사랑한다고 자꾸 이야기하던 아이들과 진심 어린 피드백으로 나를 감동하게 한 여러 멘토 선생님들의 영향이다. 이미 마음에 변화가 생겼다.

학교에 가도 좋겠다는 생각을 했으나 여전히 학생들의 학령기 이후 진로에 관심이 많았다. 대학원에 진학해서 우리나라 장애 학생들의 진로 시스템을 주제로 공부하기로 마음을 정했다. 공부할 수 있는 대학원을 찾아봤다. 대학원 일정을 대략 가늠한 후 직장을 구하기로 마음먹었다. 인근 발달장애 학생들이 주로 다니던 치료실에 전화해서 자리가 있는지 물었다. 다행히 자리가 있다. 약속된 시간에 치료실을 방문하여 원장을 만나 상담을 했다. 근무하면서 대학원 수업 시간을 배려받기로 하고 여름 방학 일부터 출근하기로 했다. 원장님은 대학 선배였으며 나를 무척 반겨 주었다.

방학이 시작되고 치료실에 출근했다. 내가 맡은 아이는 초등학교 저학년인 학생 두 명이다. 교생실습으로 익힌 학교와는 분위기가 아주 달랐다. 여러 교실에서 수업하는 선생님들의 목소리가 크게 들려왔다. 첫 시간은 선생님께서 시범을 보여주는 수업을 했다. 학생은 안쪽에 앉고 선생님은 바깥쪽에 앉았다. 1 대 1로 수업을 하니 한 시간이 매우 알차게 보였다. 다만 학생은 쉴 틈 없이 배우니 힘들지 않을까? 하는 생각이 들었다. 내가 옆에 있어서 시범 보이는 선생님이 부담스러웠을지도 모르겠다. 두 명의 아이를, 시간을 다르게 해서 1명씩 인지 수업을 했다. 생각지도 못했던 문제가 다음 날 발생했다.

나도 예외 없이 치료실 운행 봉고차를 타고 학생들을 데리고 오는 일을 해야 했다. 봉고에 6명의 학생을 태우고 치료실로 와야 한다. 나는 지병이 있다. 바로 멀미다. 나의 멀미 에피소드는 무궁무진하다.

처음 멀미를 한 경험은 고모와 함께 부산에 내려가는 버스 안에서였다. 속이 울렁거리며 식은땀이 났다. 고모가 주신 알사탕 덕분인지 다행히 멀미가 멈췄다.

두 번째 기억은 6개월 후 부산에서 고향으로 내려가는 길에 찾아왔다. 아직 열네 살이 어리다고 생각하셨는지 고모부께서 고속버스를 함께 타고 광주까지 데려다주셨다. 고속버스 안에서 멀미가 시작되었는데 참을 만큼 참고 있었다. 차가 광주 시내에 들어섰다는 것을 알고 '이제 조금만 더 가면 되겠구나.'라고 생각했다. 시내로 들어오니 도로 사정이 안 좋았다. 차가 덜컹덜컹하고 석유 냄새 같은 고약한 냄새도 났다. 혹시 몰라 챙겨 간 봉지를 꺼내기도 전에 왈칵 일이 터졌다. 옆자리에 앉아 계신 고모부께서 당황해하셨다.

이 외에도 곤란했던 상황을 일으킨 멀미 경험이 숱하게 많다. 치료실에서 역시나 멀미가 말썽이 됐다. 3일째 되는 날 아이들을 태우고 돌아앉는데 멀미 신호가 와서 차에서 내려야 했다. 아이들을 돌봐야 하는데 몹시 난처했다. 멀미는 불가항력이었다. 원장에게 차량 운행 업무를 제외해줄 수 있는지 물었다. 원장은 함께했으면 좋겠지만 그렇다고 차량운행을 빼 줄 수는 없다고 했다. 근무하고 있는 다른 선생님들과의 형평성에 어긋난다는 것이다. 내가 생각해도 그건 안 될 말이었다.

어떻게 해야 할지 고민을 하다 임용시험을 준비하기로 했다.

05

특수교사가 되다

"엄마, 나 합격했어!"

"오냐, 내 딸 잘했다! 잘했어! 이제 선생님이 되었구나, 장하다 우리 딸!"

엄마 목소리가 우는 건지 웃는 건지 분간이 안 된다. 귀를 쫑긋 세워 자세히 들으니 우시는 듯 떨리며 격한 목소리로 "잘했다. 우리 딸!"만 반복하신다. 엄마 얼굴 보고 말씀드려야 했는데, 시골에 계시니 당장 내려갈 수가 없다. 수화기 너머로 눈물을 글썽거리며 웃고 있는 엄마의 유독 까만 눈이 보이는 듯했다. 누구보다 엄마에게 학교에 출근하게 되었다는 소식을 알리고 싶었다.

특수교육과는 공학센터가 있다. 손 글씨로 써서 내는 과제보다 워드로 작성해서 과제를 내라는 교수님이 많았다. 컴퓨터가 없으니 선배와 동기들 집을 찾아다니며 과제를 했다. 시각장애아 교육 과제를 작성하기 위해 선배 집을 찾았다. 선배는 마침 고향 집에 다녀온다고 편안하게 컴퓨터 작업을 하라고 했다. 독수리 타법으로 자리를 찾아가며 떠듬떠듬 워드를 쳤다. 서론을 쓰고 나니 1시간이 후딱 지났다. 내용을 절반 정도 작성했는데 5시간이 지났다. 어깨가 아프고 눈도 침침해지기 시작했지만 꼼짝 않고 앉아서 10장 분량의 과제를 완성했다. 대견해서 쓱 웃었다.

엄마랑 가끔 통화했다. 고추 농사가 잘됐다고 한다. 여름에 고추 수확할 일이 걱정이시란다.

"엄마, 너무 걱정하지 마세요. 방학 때 고추 따러 내려갈게요."

"그래, 고맙다, 근데 힘든 거는 없냐?"

"엄마가 힘들지, 저는 힘든 거 없어요, 아, 조금 힘들다면 요즘은 컴퓨터로 숙제를 하는데 컴퓨터가 없어서 여기저기 찾아다니며 하고 있어요. 그것 말고는 괜찮아요."

며칠 전에 이런 통화를 했었다.

이모부께서 전화하여 엄마를 바꿔 주셨다.

"오늘 패물 팔았다. 돈 보낼 테니 컴퓨터 사라!"

"엄마, 패물을 왜 팔아요?"

"아무 소리 하지 말고 돈 찾아서 컴퓨터 사라!"

"엄마!"

가슴이 먹먹했다. 괜히 컴퓨터 이야기를 해서 엄마가 패물을 팔았구나. 중학교를 못 보내고 도시로 일하러 보내야 했던 엄마 마음 한 곳에 나는 아픔이었으리라. 34살 대학생인 딸 숙제하라고 당신의 패물을 팔아 돈을 보낸 엄마. 엄마의 큰 사랑으로 내가 여기까지 올 수 있었다.

엄마 사랑해요.

우체국에 가서 돈을 찾아 컴퓨터를 샀다. 그 후 컴퓨터를 사용하지 않은 빈집이 어디 없나 하고 여기저기 물어보지 않아도 됐다. 열심히 과제도 하고 공부도 한 덕분에 장학금도 받게 되었다.

여름 방학에 고추를 따러 시골에 갔다. 시각장애가 있는 대학 동기가 있다. 도시에서 자란 동기들이라 내가 농사짓는 이야기를 재미있게 풀어놓았는지 관심이 많았다. 담배 농사, 고추 농사, 벼농사, 모두 다 궁금해했다.

"엄마, 내 동기 중에 시각장애가 있는 애들이 있는데, 우리 집에 와도 되죠?"

"안 된다. 너 이상한 학교 다닌다고 소문난다."

엄마는 안 된다고 했다. 내가 하는 일이 장애인을 가르치는 특수교사가 되는 길이다. 그러니 엄마도 장애인에 대한 인식을 그렇게 가져서는 안 된다며 며칠에 걸쳐 엄마를 설득했다. 드디어 와도 좋다는 허락을 받았다.

동기들이 내려왔다. 4박 5일 정도 지내다 갔는데, 그동안 외할머니께서 매일 집에 오셨다. 동기들이 방에 있으면 괜히 방에 들어와 말씀 한마디 없이 담배만 피우다 나가신다. 동기들이 마당에 있으면 저만치 마루에 앉아 애들을 바라본다.

밥을 먹을 때면 이제는 엄마가 방에 들어와서 이 반찬 저 반찬을 동기들 밥숟가락 위에 올려 주신다. 엄마는 이런저런 궁금한 것을 계속 물어본다. 어떻게 지팡이만 짚고 길로 다닐 수 있느냐? 어떻게 혼자 다닐 수 있느냐? 듣고 있기 무안할 정도로 이것저것 궁금한 것을 물었다. 동기들이 돌아가고 나니 "인물도 좋고 말도 잘하는데 앞을 못 보니 참, 안됐다" 그때까지도 궁금한 여러 가지를 물어보셨다.

임용시험에 합격한 동기들은 인천으로 서울로 갔다. 대구와 부산 경남 경북 등 원하는 곳에 합격한 동기들의 기쁜 소식이 연일 들렸다. 나도 합격 소식을 전하게 됐다. 기간제 교사였지만 엄마의 기쁜 목소리를 들으니 '내가 효도했구나'란 생각이 들었다.

처음 내 전화를 받은 후 엄마는 온 마을에 내 자랑을 하고 다니셨다고 한다.

"우리 큰 딸이 학교 선생님이 되었다네!"

나는 오빠나 동생처럼 착한 자식이 아니었다. 어렸을 때부터 부모님 마음을 속상하게 한 일이 많았다. 6살 때는 심한 감기로 내 생일날 생일상을 머리맡에 두고 누워 있었다. 내가 태어난 고향에 내려가면 사람들이 나를 보고 이렇게 말한다.

"아이고, 울보 왔냐?"

유아기 때부터 어린 시절 내내 지독히도 울었다고 한다. 나는 울었던 기억은 없고 다만 동네 우물터에 가서 빨래를 많이 했다는 기억만 있다. 손톱 바깥쪽이 항상 닳아 있었는데 그것은 빨래를 많이 해서 손톱이 닳은 것이라고 한다. 빨래판이 있던 시절이 아니라 널따란 돌판 위에 빨래를 놓고 비벼서 했으니. 7살도 안 된 나는 그렇게 울다가도 빨래를 하라고 하면 울음을 멈췄다고 한다.

어느 날, 내가 하도 울어서 아버지께서 나를 감싼 이불을 그대로 들어서 마당에 던졌단다. 너무 놀란 엄마가 마당에 뛰어 내려가서 이불을 펼치니 눈을 동그랗게 뜨고 살아 있더라고 한다. 내가 조그만 일에도 자주 놀라는 버릇이 있는데, 아마도 그때 너무 놀라서 심장이 쪼그라든 것이 아닐까?

형편이 어려워 일찍이 집을 떠나 일을 하러 가게 되었지만, 그마저도 불효였다는 생각이 든다. 자의든 타의든 일찍 집을 나와 엄마 마음을 아프게 한 딸이다.

특수교사가 되었다는 소식을 엄마에게 전했다. 엄마에게 처음으로 효도를 했다.

2001년 3월 17일 첫 월급을 받았다. 1백40만 원이었다.

"와~ 애들한테 잘해야겠다, 월급이 이렇게 많다니. 열심히 해야겠네."

나의 꿈이 이루어졌다. 공장에서 벗어나는 것, 엄마에게 효도하는 것.

오빠와 올케언니, 그리고 동생들 모두가 내가 선생님이 되었다고 진심으로 축하해 주었다. 실감이 안 났다. 내가 특수교사가 되면서 형제들의 장애에 대한 인식이 조금씩 바뀌었다. 장애가 있는 사람들을 보면 불편해하던 시선이 조금씩 달라지기 시작했다. 가족 모임 때 학교의 이런저런 아이들 이야기를 하면 모두 집중해서 듣곤 했다.

06

두근두근 첫 만남

백화점에 들렀다. 마네킹이 입고 있는 멋진 옷들이 눈에 들어왔다. 원단을 확인하는 척하며 슬쩍 가격표를 봤다. 헉! 비싸다. 나는 애초에 사고 싶은 마음이 없었다는 듯 무심하게 지나쳤다. 여러 매장을 둘러본 후 이월상품을 파는 곳으로 갔다. 내가 가지고 있는 돈으로 살 수 있는 옷들이 다닥다닥 진열되어 있다. 저렴한 옷을 파는 곳이라 진열 공간도 작다. 적당히 유행을 타지 않을 것 같은 검은색 정장을 한 벌 샀다. 백화점을 나서면서 보니 모두 똑같은 백화점 가방을 들고나온다. 월급 타면 비싸고 좋은 옷 사 입어야지! 며칠 후면 만날 아이들 생각을 하니 버스를 타고 집으로 돌아오는 길이 즐거웠다.

만만치 않은 현실이 나를 기다리고 있다는 것을 그때는 몰랐다.

'나는 선생님이야'라는 티가 나게 출근을 했다. 또각또각 구두를 신고 며칠 전에 산 검은색 정장도 입고 왠지 큰 가방이 필요할 것 같아 쇼퍼 백도 들었다. '새랄 랄랄라~' 멋지게 차려입고 데이트 가는 남녀의 광고처럼 가벼운 발걸음으로 학교에 도착했다. 내가 맡은 반의 아이들에 대한 특성은 전 담임 선생님으로부터 전해 들었다. 학생을 이해하기 위한 여러 이야기를 들었다. '이 아이는 이런 좋은 점이 있다'라는 이야기보다는 당장 만났을 때 '주의해서 봐야 할 사항'들에 대한 이야기들이다. 두근두근, 교실로 향하는데 온몸이 긴장되어 설렘이 사라졌다. 잘해야지! 잘 보여야지!

"여러분, 안녕하세요, 저는 올 1년 동안 여러분의 담임을 맡게 된 박호숙 선생님입니다. 만나서 반갑습니다."
"……"
"음, 그럼 출석을 불러보겠습니다. 1번 황지훈!"
"……"
"황지훈이 누굴까? 어디 있을까?"

아이들의 이름과 얼굴은 이미 알고 있었지만, 수업 흐름의 정석이라 생각하고 출석부터 불렀다. 8명 아이는 다 왔는데 대답을 안 한다. 처음 보는 선생님이 낯선 아이들은 호기심 반, 혹은 누구세요? 하며 묻는 듯한 눈빛이 반이다. 대답 없는 아이들에게 무릎을 낮춰 다가갔다. 아이들은 귀여웠다. 어리고 작은 아이들은 귀엽다는 공통점이 있다. 동글동글한 눈매에 웃음을 띠고 있는 아이, 눈빛에 고집이 가득 들어 있어 보이는 아이, 누구세요? 하는 눈빛의 아이. 내가 불렀던 지훈이는 나를 잠깐 바라보다 교실의 여기저기를 둘러본다. 손은 책상의 여기저기를 만지며 꾸물거린다. 두상도 예쁘고 눈도 예쁜 인물이 장군 같은 남자아이다.

한 달쯤 지난 어느 날.

두 팔을 최대한 벌려서 아이들을 내 등 뒤로 모았다. 지훈이는 소리를 지르며 교실을 여기저기 휘젓고 뛰어다녔다. 책상을 하나하나 넘어뜨린다. 책상 서랍에 있던 아이들 책이 쏟아지며 펼쳐진다. 계속 지훈이를 주시하고 있지만 내 등 뒤에 있는 아이들 때문에 갈 수가 없다. 지훈이는 8개의 책상을 모두 넘어뜨렸다. 난감하고 절망적인 심정이 되었다. '어떻게 해야 하나'라는 생각도 안 들었다. 그야말로 정신적 혼란이 왔다.

"아니, 지훈이 엄마는 애가 저런데 학교를 어떻게 보내지!"

시끌시끌한 소리가 들려 그제야 문밖을 보니 옆 반 학부모가 보고 있다. 교실의 이런 모습을 옆 반 학부모가 보게 된 것이 신경 쓰였다. 지훈이에 대해 그렇게 이야기하는 것에는 더 신경이 쓰였다. 지훈이 행동의 시작점을 전혀 눈치챌 수 없었던, 아니 알지 못하는 나 자신에게 당황한 나는, 다른 사람에게 그런 내 모습을 들킬까 봐 표정을 감추기에 바빴다.

한참 교실을 휘젓고 다니던 지훈이가 씩 웃으며 나를 잠깐 쳐다본다. 그리고 아무 일 없었다는 듯이 사물함 주변을 어슬렁거린다. 흘끗, 또 나를 한 번 더 본다. 나와는 말할 수 없던 그런 행동을 하게 만든 어떤 것에 대해 마음이 조금 풀린 모양이다. 옆 반 학부모님께 짧은 눈인사만 하고 문을 닫았다.

등 뒤의 숨어있던 아이들이 내 눈을 바라보고 있다. 우는 아이는 없었다. 그냥 살짝 겁먹은 표정으로 나를 바라보고 있었다.

"얘들아, 괜찮아? 많이 놀랐지?" 아이들을 그 자리에 세워놓고 책상을 하나하나 들어 올리다 지훈이를 바라봤다.

"지훈아, 선생님이 힘들어서 그러는데 지훈이가 선생님 좀 도와줄 수 있을까?" 지훈이의 힘이 도움이 되었다. 8개의 책상을 다 세워놓고 난 뒤 아이들에게도 자기 책을 한 권씩 모으자고 했다. 아이들이 책을 모아 놓으면 힘이 센 지훈이가 책상 위로 올려 주었다. 다들 아무 일 없었다는 듯이, 그렇게 교실을 정리했다. 서로 부딪히면 "야~" 했다.

지훈이는 가끔 종잡을 수 없이 분노를 터트릴 때가 있다고 했다. 오늘 같은 상황인가 보다. 이 일을 교장 선생님께서도 알게 되었다. 교장 선생님은 전교생 아이들의 이름과 특성을 모두 알고 계신다. 아침마다 1층 현관 거울을 신문으로 닦으며 아이들을 기다리신다. 반짝 반짝 닦아 놓은 그 거울은 선생님의 얼굴도 학부모님의 얼굴도 예쁘게 보여준다. 나도 아이들을 맞이하러 1층 현관에 나오면 꼭 거울을 보고 옷매무새를 매만지곤 한다. 교장 선생님께서 지훈이 이야기를 자세히 물어오셨다. 나는 유독 김치를 좋아하던 지훈이에 대해 짧은 기간이지만 보고 아는 대로 대답했다.

다음 날 교장 선생님께서 찾아오셨다. 식이요법에 대한 자료를 가지고. 식이요법에 대해 간단하게 설명을 해 주시고는 지훈이에게 식이요법 지도를 해 보라고 제안을 하셨다. 해 보겠다고 했다. 방법을 자세히 알려 주셨다. 교장 선생님께서는 지훈이에 대해 나보다 더 잘 알고 계셨다. 우선 식이요법을 하기 위해 지훈이 어머니의 협조를 받아야 했다. 지훈이 어머니와 상담을 했다. 교장 선생님께서 알려 주신대로 식이요법 방법을 설명하고 한번 해 보자고 했다. 지훈이 행동에 대해 많은 관심을 기울이고 계시던 터라 충분히 협력하겠다고 했다.

지훈이는 고춧가루가 들어간 음식에 반응을 보였다. 점심 급식 시간에 김치가 나오면 김치에 묻어 있던 고춧가루 양념을 밥에다 묻혀 비볐다. 빨간 양념은 모두 밥에 비볐다. 잠깐 다른 아이를 보고 있을 때면 친구의 반찬을 쓱 가져오기도 했다. 집에서도 고춧가루가 든 음식만 먹는다고 했다. 교장 선생님의 제안대로 우선 학교 급식에서 빨간 양념을 최대한 배제하기로 했다. 다른 아이들과 함께 먹는 급식이라 크게 뾰족한 수는 없었지만, 김치양을 조금 줄였다. 친구들 반찬은 손을 대지 않도록 했다. 가정에서는 전날 저녁에 먹었던 반찬과 아침에 먹었던 반찬 종류를 알림장에 써서 보냈다. 지훈이가 떼를 쓴 날은 어쩔 수 없이 고춧가루가 든 반찬을 조금 주기도 했다고 알려왔다. 고추장 등을 모두 선반 위에 올려놔서 가족들도 함께 고춧가루 없는 음식만 먹으니 조금 불만을 토로한다는 이야기도 적어 보내왔다.

교장 선생님께서 매일매일 교실을 찾아와 식이요법 상황을 점검했다. 2주가 지났다. 살짝 불안한 듯 반짝반짝하던 지훈이 눈빛이 편안해 보이기 시작했다. 3주가 지났을 때 지훈이 손을 잡고 다른 반에 놀러 갈 만큼 안정되었다. 그러다 행동이 조금 산만해지는 날이면 알림장에 고춧가루가 든 음식을 많이 먹었다는 내용을 볼 수 있었다. 교장 선생님께서는 미국의 자폐성 장애와 ADHD 아이들에게 식이요법을 통해 지도해서 성공한 사례가 올려진 사이트를 알려 주셨다. 영어 실력이 짧다고 난처한 표정을 지었더니 번역물을 출력해서 가져다주셨다. 나는 지훈이의 성공적인 식이요법 사례를 학교 소식지에 실어 선생님들과 함께 공유하고 각 가정에도 알렸다.

담임으로 첫 아이들을 만나기 위해 두근거리며 출근을 했던 나에게 많은 시련을 가져다줬던 지훈이. 교장 선생님의 식이요법 안내로 지훈이 본래 모습을 만나게 되었다. 첫 담임을 하면서 지훈이로 인해 나는 식이요법도, 상호 협력하는 지도 방법도 알게 되었다. 나의 교직 생활에 또 한 분의 멘토를 맞이했다. 지금은 30살이 되었을, 강렬한 인상을 줬던 나의 첫 제자들 모습이 눈에 선하다.

2장

특수는
특수다

01

미소 천사

　자화자찬을 좀 해 본다. 존경하는 이○○ 선생님께서는 나를 '미소 천사'라고 별칭 한다. 의심하지 않고 미소 천사라는 별칭을 가까이 두고 지냈다. 나는 언제부턴가 잘 웃는다. 설레어도, 쑥스러워도. 즐거운 일이 있으면 입꼬리가 아주 귀에 걸린다. 심지어 속상하고 화나는 일이 있어도 엷은 미소 정도는 유지한다. 나는 미소 천사란 별칭이 좋다. 웃으면 복이 온다고 했다. 가끔은 별칭을 유지하기 위해 노력한다. 불편한 점도 있다. 한결같음을 유지하기가 어려울 때도 많다.

　학교에서 미소 천사란 닉네임을 갖고 지내니 좋은 점이 많다. 우선 새 학년 담임선생님으로 만나는 학생들에게는 '그 선생님 좋아, 착해'란 긍정의 선입견을 가져다준다. 직장에 나가거나 개인적인 사정으로 학교에 잘 못 오는 학부모도 '그 선생님 참 좋아요. 인상도 좋고, 항상 웃는 인상이에요'라는 말을 전해 듣고 플러스 점수를 준다. 지난해 아이들을 진급시키기 위해 반편성을 했다. 우리 학년은 두 반이며 학생 수는 14명이다. 몇몇 사항을 고려하여 반편성을 했다. 그렇게 아이들을 올려보내고, 나도 새로운 아이들을 만나게 되었다. 내가 맡게 된 아이들 부모님께 먼저 전화로 인사를 드렸다.

"민서 어머님, 안녕하세요! 올해 담임을 맡게 된 박호숙입니다."

"안녕하세요, 선생님, 반갑습니다. 안 그래도 금방 찬성이 엄마한테 연락받았어요. 우리 민서가 담임선생님 복이 많은 것 같아요"

"아유, 민서 어머님, 그렇게 봐 주셔서 감사합니다. 민서랑 즐겁고 보람 있는 한 해가 되도록 노력할게요. 잘 부탁드립니다."

전화하면서 우선 마음이 놓인다. 나에 대해 부정적인 시각은 갖지 않고 있다는 생각이 들었다. 만약 새로 만나게 될 담임에 대해 부정적인 시각이 있다면 1년 동안 담임으로서 학부모님과 함께하는 것이 힘들 것이다. 우리 학교는 아이들 의사소통 능력에 따라 보호자와 긴밀하게 연결되어 있다. 새로 만나는 아이들과의 첫 시작은 내가 담임임을 알리는 학부모와의 인사에서 시작된다.

민서 어머니 말이 계속 이어졌다.

"선생님, 우리 민서가 담임 복이 많은 것 같아요. 재작년에도, 작년에도 좋은 선생님 만났는데 올해도 좋은 선생님 만나서 마음이 놓여요."

민서 어머니는 마음이 고운 분 같다.

새로 맡은 아이들의 부모님과 모두 전화통화를 했다. 마치고 나니 마음이 편안해진다. 학부모님 모두가 반갑다며 긍정적으로 마음을 열어 준다. 그 마음을 잊지 않기 위해 내 일에 대한 '사명감'을 다시 일깨워 본다.

‘나는 좋은 선생님인가?’라고 자문해 본다. 그동안 아이들과 지낸 일을 떠올려보니 그리 나쁜 선생님 같지는 않다. 그래 보통의 좋은 선생님이지! 학교에는 대부분 보통의 좋은 선생님이 있다. 나는 그 보통에 ‘미소’가 장착된 가 보다. 내가 아는 어느 선생님 한 분은 ‘수업’이 장착되어 있다. 교사라면 마땅한 일이지만 그 선생님은 더 돋보인다. ‘끌어당김’이 장착된 선생님도 있다. 아이들이 잘 다가가니 ‘끌어당김’이라는 표현이 적절할 것 같다. 몇 해 전 우리 반 한 아이가 그 선생님을 몹시 따랐다. 수업 시작 벨이 울려도 느긋느긋 자기 할 일 다 하고 자리에 오는 아이다. 자꾸 이러면 ○○ 선생님께 일러 준다고 으름장을 놓았다. ‘아이~’ 하면서 나를 힐끔 보고는 자리에 앉는다.

‘미소 천사’ 닉네임은 가끔 나를 불편하게도 한다. 자기주장이 강한 한 학생이 여러 사람이 함께 있는 상황에서 친구에게 말을 함부로 했다. 나는 그 자리에서 야단을 쳤다. 크게 야단치는 내 모습을 처음 본 아이들이 경직됐다. 아이들 지도를 하다 보면 특별한 상황에서는 그 자리에서 잘못되었음을 이야기해야 할 때가 있다. 그런 상황이었다. 지금 생각해보면 적절한 판단이 아니었는지도 모르겠다. 가끔은 옳다고 생각하는 일들도 실상 아닐 때도 있으니. 아이들을 지도하는 일은 더욱 신경이 쓰인다. 내 교육관이, 신념이 고집이나 아집이 있지 않을까 하는 생각에 나를 되돌아본다.

‘아! 그냥 미소 천사로 있을걸! 괜히 그랬다. 이렇게 한 번 야단친다고 금방 달라지진 않을 텐데. 아니야, 이 아이는 분명히 달라질 수 있어.’ 마음속에 생각들이 왔다 갔다 한다. 얼굴에 다시 엷은 미소를 지으며 아이들에게 다가갔다.

"얘들아, 놀랐지? 미안해, 그런데 선생님 진짜 화난 거 아니야!"

나는 소란스럽게 아이를 지도한 상황을 수습했다. 무너진 나의 이미지를 어떻게 하지? 뭐 이 정도의 카리스마는 긍정적인 이미지로 다가갈 수 있을지도 몰라! 스스로 위로하며 불편한 마음을 다독거렸다.

일과 중에서 가장 힘들게 느껴지는 일이 있다. 아침에 딸아이를 깨우는 일이다. 딸아이는 올해 사춘기 감성 충만한 고등학교 2학년이다. 대한민국에서 10시까지 학원에 다니는 고등학생으로 살아가고 있는 딸을 기분 좋게 깨우는 일이란 상당한 인내심과 에너지가 필요하다. 오전 시간에 써야 할 에너지의 상당량을 딸아이를 깨우는 데 쏟아붓는다. 출근길. 집 앞에서 버스를 타고 학교까지 가는 길에 4곳의 고등학교가 있다. 버스 안 통로는 학생들 책가방이 마주하고 있어서 여간해서는 통과하기가 어렵다. 나는 내리는 문 근처의 자리를 선호한다. 그래야 학생들이 많이 타고 있어도 쉽게 내릴 수 있다. 그렇지 못한 날도 많다.

"잠깐만 지나갈게요"

메아리 없는 외침을 학생들에게 날린다. 모두 귀에 이어폰을 꽂고 있어서인지 꼼짝도 안 한다. 낑낑대며 책가방 사이를 헤치고 버스에서 간신히 내린다. 후유!

주말이다. 긴장이 풀린 마음에 그리움 병이 도지는 날이면 웃음을 만드는 얼굴 근육은 꼼짝도 안 한다. 주말이라 다행이다.

살다 보면 이런저런 힘든 날이 있다. 그런 날이어도 학교 후문만

들어서면 내 얼굴 근육이 살아 움직인다. 입꼬리 근육이 살짝 위로 올라간다. 운동장에 누군가 있기라고 하면 눈 주위 미세 근육마저 살짝 내려온다. 미소 지을 준비가 됐다. 나는 이런 상황을 '직장 미소 증후군'이라고 이름을 붙였다. 어지간한 일이 아니고서는 이 증후군을 이겨내지 못한다. 학교에만 오면 저절로 생기는 '직장 미소 증후군'

감사합니다. 지난해 인성교육을 담당하면서 1-3-3 감사 쪽지 쓰기를 진행했다. 하루에 세 번 세 사람에게 감사하는 마음을 쪽지에 써서 표현한다. 나의 '직장 미소 증후군'에 감사를 하고 싶다. 이 덕분에 아이들이 나에게 조금 편안하게 다가왔다고 생각한다. 학부모도 자녀를 '인상 좋은' 선생님께 맡기면서 마음을 조금 놓으셨을 테고. 그렇지 않을 수도 있지만, 자신감을 가져본다. 가끔 손해 보는 일도 있지만 부드러운 인상은 특수교사인 나에게는 하나의 강점이다. 아이들에게 '선생님'으로 불리는 동안 나는 '미소 천사' 별칭을 잘 지켜 가고 싶다.

나는 오늘도 이 미소로 아이들과 학부모님, 그리고 동료들과 인사를 나눈다.

02

파스를 붙이며

"박 선생님, 손목은 왜 그렇습니까?"

"네, 교장 선생님, 별거 아닙니다. 비가 오려는지 시큰거려서요."

교장 선생님께서 파스 붙인 내 손목을 보고 걱정스럽게 물어온다. 비가 오려고 하는 날이면 어김없이 손목이 시큰거린다. 일기예보를 듣지 않아도 내 손목이 일기예보다. 전해 내려오는 3대 거짓말이 있다. 노인들의 '늙으면 죽어야 한다.'는 말과 노처녀의 '나 시집 안 갈 거야.', 장사꾼의 '이거 밑지고 파는 겁니다.'이다. 밑지고 파는 일은 없다. 누가 손해 보고 장사를 하겠는가? 그러니 이런 말도 생겼을 터이다. 생산자는 수요자 요구가 많은 물품을 만들어 팔고자 한다. 특수교육 교재 교구는 수요자가 적은 탓인지 비싸다. 적당한 물품이 있어도 재수정해야 하는 경우가 많다. 필요한 물품이 없는 예도 있다.

세상은 다수를 위해 세팅되어 있다.

특수교육에서 가장 큰 어려움은 학생마다 학습수행능력 정도에 따른 개별 학습 자료 준비 부분이다.

같은 주제지만 아이마다 시작점이 다르고 수행 정도가 다르니 아이들이 흥미를 갖고 수업에 참여할 수 있게 하기 위해서는 개별 자료를 준비해야 한다. 시중에 나와 있는 교구나 자료들은 일반 학생들 기준으로 제작되어 있어서 부분 수정을 해서 사용해야 한다. 칸이 작거나 크거나 복잡하다. 아마도 대부분의 특수학교 선생님은 수업 준비물을 직접 제작하고 있을 것이다. 준비물을 쉽게 갖출 수 있는 단원을 만나면 한동안 할 일이 사라진 느낌이 든다.

처음, 지적장애 아이들을 만났다. 교육실습 때 배운 경험과 개별화교육 바인더에 들어 있는 아이들의 학습수행능력 정도 등의 기본 정보를 바탕으로 수업 준비를 했다. 지금도 그렇지만 나는 '재미있는 수업'을 하려고 한다. 재미가 있어야 아이들이 집중하고, 집중해야 전달하고자 하는 내용에 관심을 가질 테니. 수업하면서 시행착오를 겪었다. 아이들이 웃으며 재미있다고 하는 날은 알맹이 없이 웃다가 수업을 마친다. 방향이 틀어져도 '놀이 수업'이라도 되면 좋은데, '노는 수업'이 되어 버린다. '이건 아니지!' 하는 생각으로 조금 진지하게 수업을 하면 학생들은 '선생님, 재미없어요.'라고 하며 입을 쭉 내밀거나 책상에 엎드려버린다. 아예 시선을 다른 데로 돌리는 아이도 있다. 애들한테 미안하고 괴로웠다. 어떻게 해야 두 마리 토끼를 다 잡을 수 있을까? 혼자서 고민을 하지만 뾰족한 수가 떠오르지 않았다.

경력이 많은 선생님께 조언을 구했다. 나이 들어 학교에 들어온 내가 안 돼 보이셨는지 학급 운영과 여러 가지 수업 방법에 관한 이야기를 들려줬다. 틈날 때면 선생님 교실을 찾아갔다. 하루는 선생님께서 수업자료를 만들고 계셨다. 나는 가위를 들고 오리는 것을 도와드리면서 팁을 얻었다. 선생님께서는 많은 시간을 들여 만들었을 자료의 기본이 되는 파일을 아예 건네주셨다. A3 크기의 달력을 만드는 한글 파일이다. '선생님, 감사합니다.' 인사를 하고 돌아서는 내 입이 귀에 걸렸다. 출력된 표본 자료도 한 개 얻었다. 수고해서 만드신 기본 자료라 염치없는 게 아닌가 싶은 마음도 들었지만, 천군만마를 얻은 것 같아 가슴속이 쿵쾅거렸다.

학생이 8명이지만, 달력 수업은 계속될 것이니 파손과 분실을 생각해서 13개를 만들었다. 대장정이었다. 우선 기본 판을 2가지 유형으로 만들었다. 하나는 31일까지 숫자를 칸마다 입력했고 다른 하나는 숫자 없는 빈칸을 만들어 출력했다. 숫자를 넣은 자료는 아직 숫자를 익히지 못한 학생들이 사용할 자료다. 같은 숫자를 찾아 붙이면서 자연스럽게 일자를 익히도록 할 계획이다. 숫자 없이 빈칸만 만들어서 출력한 것은 이미 숫자를 알고 있는 학생들이 사용할 자료다. 이렇게 13장을 출력해서 코팅했다. 그리고 각 요일과 날짜 위에 찍찍이를 붙였다.

음, 계산을 해 보자. 찍찍이를 같은 크기로 몇 개나 오렸는지. 달력 하나에 날짜 31일과 요일 7개를 더하니 38개가 필요했다. 1개의 달력에 38개, 여기에 13개 달력을 곱하니 총 494개다. 이 개수만큼 가위로 찍찍이를 오렸다. 그런데 찍찍이는 암수가 있다. 달력 기본 판에 붙였으니 각각의 요일과 일자에도 붙여야 한다. 494*2=988, 988개의 찍찍이를 오렸다. 가위질을 많이 하다 보니 손목이 시큰거렸다. 문제는 494개의 숫자를 오리고 그것을 코팅해서 다시 오리는 것이었다. 이번에도 988번의 가위질을 해야 했다. 수업과 학교 업무 중간에 틈틈이 하려니 시간이 오래 걸렸다. 해결책을 생각해 냈다. 내가 학교에 와 있는 동안 딸아이를 봐 주는 언니가 생각났다. 전화로 먼저 물었다.

"언니, 나 학습자료 만들고 있는데 가위질할 게 너무 많아, 언니가 좀 도와줄 수 있어요?"

"그래, 갖고 오너라, 시간 많다"

"언니, 고마워요"

"고맙기는, 여기 동네에 같이 놀고 있는 아줌마들 많다. 같이하면 된다."

언니는 조명가게를 운영하고 있다. 가게에 오는 손님에게 물건도 팔고 우리 딸도 돌봐주면서 자료를 이틀 만에 다 오려 주었다. '언니, 그때 고마웠어요.' 달력 13개가 완성되기까지 2주의 시간이 걸렸다.

이렇게 해서 완성된 달력은 유용하게 사용했다. 매월 말이면 다음 달 날짜 알아보기, 다음 달 학교 행사 알아보기, 반 친구들 생일 알기, 가족 생일이나 가족 행사 알기, 계기 교육 등 다양한 수업 장면에서 훌륭한 수업 도구가 되었다. 그뿐만 아니다. 넉넉하게 준비해 놓은 자료라 다른 반에서도 자주 빌려 갔다. 19년이 되었지만, 코팅해서인지 아직도 파손된 자료는 없다. 위에 붙이는 숫자 몇 개를 잃어버린 것 말고는.

"선생님, 수업 보러 가도 될까요?"

지금 생각해보니 내가 아주 발칙한 말을 했다. 동료 장학을 하신다는 말에 평소 흠모해 왔던 선생님의 수업을 보고 싶은 마음에 나도 모르게 불쑥 말을 해버렸다. 당시 동료 장학은 교과군이나 동 학년 선생님이 참관하는 것으로 계획되어 있었다. 뜬금없는 나의 요구였지만 선생님께서는 흔쾌히 수락하셨다.

"별로 배울 건 없지만, 오셔요. 됩니다."

나는 선생님께서 수업을 준비하는 과정을 틈틈이 볼 수 있었고, 수업에 참관했고, 수업이 끝난 후 소감도 나누었다. 교과서를 분석하고 아이들 현재 수행 정도를 고려해 수업을 설계하는 과정을 볼 수 있었다. 동기유발과 학습 목표 도달을 위해 어떤 자료를 넣어야 할지 고민하는 모습과 자료 제시는 어떻게 할까? 교실을 돌아다니며 동선을 확인하는 모습 등. 나는 수업의 실제를 보았다. 수업 준비 과정을 지켜보며 선생님이 갖고 계신 저력에도 많이 놀랐다. 나도 저렇게 될 수 있을까?

초임 때 나를 성장시킨 여러 선생님이 계신다. 아이들 모습과 활동 내용을 사진 찍어서 홈페이지에 올려 아이들 학교생활에 활력을 넣어주신 선생님, '반가' 즉 학급 노래를 만들어 아이들을 결집하고 노랫말로 생활지도를 하신 선생님, 무대 위 소품 하나하나 음향 하나하나까지 신경을 써야 하는 연출가처럼 세밀한 수업을 하는 선생님, 교육의 흐름과 나아갈 방향을 제시하는 선생님.

간혹 선생님들의 손목에도 파스가 붙어있다. 그리고 이렇게 말씀하신다.

"아이고 내일 비가 오려나, 손목이 왜 이리 아프나?"

03

이것 좀 바꿔 주세요

고속도로를 휙휙 달린다. 시원하다. 조수석에 앉아서 느긋하게 풍경을 감상한다. 푸릇푸릇한 벼 새싹들이 눈에 들어온다. 고향 가는 길에 만나는 농촌 풍경에 마음이 평화롭다. 어린 시절 부모님 농사일을 거들던 생각이 난다. 고향에는 50이 넘은 사촌이 있다. 제일 젊다. 요즘 시골에는 대부분 노인분이 있다.

해 보지도 않은 농사를 어떻게 지으려는지 간혹 귀농하는 사람들이 있다. 그들의 귀농 결심을 돕는 데 큰 역할을 하는 것 중의 하나는 농기구의 발전일 것이다. 나이가 들어 근력이 약해진 노인들은 힘이 필요한 농사일을 하는 데 있어 약자이다. 힘쓰는 일을 도와줄 수 있는 도구만 있다면 그동안의 경험을 바탕으로 지혜롭게 농사일을 해낼 수 있다.

장애가 있는 사람들도 장애로 인해 불편한 부분을 보완해 준다면 행복하게 자신의 삶을 가꾸어 갈 수 있다.

눈빛이 예쁜 제자 한 명이 특수교육과에 합격했다. 생각이 깊고 자신의 삶을 잘 가꾸어 가는 학생이다. 주변을 돌아볼 줄 알고 농담도 즐기는 게 따뜻하면서도 유쾌한 학생이다. 가만히 보고 있으면 마음이 훈훈해진다. 입학 선물로 책 한 권을 사 주고 싶었다.

시내 서점에서 만나기로 했다. 서점은 지하 1층에 있었다. 전동휠체어를 탄 제자와 엘리베이터를 타고 지하 서점으로 내려갔다. 보고 싶은 책을 한 권씩 골랐다. 그즈음 우리는 '중증의 지체장애인들이 지역사회에서 살아가는 데 불편한 점들'에 대해 조사를 해 보자며 관심을 기울이고 있던 터였다. 서점 안의 한 통로는 휠체어가 다니기에 비교적 괜찮았다. 옆 통로는 코너를 돌 때 모서리 부분의 책꽂이를 살짝 건드릴 수 있을 것 같아 불안했다. 한쪽 통로만 이용해서 신작 코너의 책을 구경했다.

엄마를 따라온 3, 4살 정도 되어 보이는 한 어린아이가 우리를 쳐다본다. 전동휠체어가 신기한 모양이다. 아직 어리니 휠체어를 처음 봤을 수도 있다. 다리가 아팠을지도 모를 어린아이는 휠체어에 앉아 있는 언니를 부러워했을지도 모르겠다. 옆 가르마를 한 어린아이와 눈이 마주쳤다. 문득 저 아이만 했을 때 찍힌 사진 한 장이 떠올랐다. 누가 찍어 줬는지는 정확히 모른다. 고모가 찍어 줬다는 말을 들은 것 같기도 하다. 오빠와 나, 바로 아래 여동생이 함께 찍혔다. 오빠는 의젓한 모습을 하고 있다. 동생은 한 손에 송편을 쥐고 있다. 머리는 옆 가르마를 타고 머리핀을 꽂았다. 흑백이지만 머리핀이 예뻐 보인다. 나는 볼록 나온 배를 하고 바가지 머리를 하고 있다. TV 6·25전쟁 자료 사진에 나오는 아이들 모습과 같다. 우스꽝스럽긴 해도 어린 시절을 추억하는 소중한 사진이다.

어린 시절 경험과 추억은 한 사람의 삶에 크거나 작은 영향을 미친다. 성공한 사람의 인터뷰를 보면 어린 시절 자신을 지지해 준 누군가가 항상 옆에 있다. 옆 가르마에 단발머리를 한 어린아이를 보니 어렸을 적 사진이 떠올랐다. 아이의 한 손은 엄마를 잡고 있고 다른 한 손은 엄마가 사 줬을 듯한 나비 모양의 액세서리를 꼭 잡고 있다. 눈이 마주쳐 "꼬마야 안녕!" 하고 웃으며 인사를 건넸다. 아이는 동그란 눈으로 나와 제자를 힐끔 보더니 엄마를 따라 종종걸음으로 지나간다.

특수교육 관련 서적을 찾아보았다. 맞은편에 있다는 안내 사인이 눈에 들어왔다. 가까이 다가가서 보니 서가 맨 아래쪽에 '특수교육'이라고 안내 사인이 붙어있다. 이런, 계단 3개가 있다. 올라가는 슬로프가 있나 찾아보니 안 보인다. 계단만 있다.

헐! 어이가 없다는 표정으로 제자와 눈이 마주쳤다. '특수교육' 관련 서적을 하필 저곳에 진열하다니. 휠체어를 탄 사람들은 책을 어떻게 꺼내 볼 수 있을까? 물론 방법이 없는 것은 아니다. 점원을 불러서 원하는 책을 꺼내 달라고 하면 된다. 그 방법은 내가 사고자 하는 책을 결정하고 갔을 경우다.

대부분 사람은 직접 책을 고른다. 책 디자인도 보고 목차도 보고 서평도 읽어 가며 마음에 들면 책을 구매한다. 서가에 꽂힌 책을 훑어보다 뜻밖의 책을 사기도 한다.

제자는 휠체어가 올라갈 수 없으니 특수교육 관련 다른 서적을 살펴볼 기회를 얻지 못했다. 나는 사려고 했던 책을 꺼내 들고 내려왔다.

관심과 배려의 차이라고 생각한다. 서가에 책을 꽂을 때 한 번만 생각했더라면 휠체어가 오르지 못하는 곳에 특수교육 서적을 꽂아 놓지는 않았을 터라는 생각이 들어 못내 아쉬웠다. 계산하며 점원에게 특수교육의 서적 위치가 바뀌었으면 하는 이야기를 했다.

제자에게 대학에서 이런 부분도 함께 공부해 보라며 서점을 나왔다.

대학 때 한 노교수님께서 말씀하신 내용이 떠오른다.

"장애인들이 다니기 편하면 일반인들은 더 이용하기 편하다 뭐."

요즘 저상 버스가 눈에 많이 띈다. 나는 버스를 타고 다니면서 실제로 저상 버스를 이용하고 있는 휠체어를 딱 한 번 봤다. 저상 버스로 가장 수혜를 많이 입은 사람들은 50대 60대 이후의 중년 여성들이 아닐까? 차가 멈춰 서면 무릎관절이 아파 빨리 걷지 못해 소리를 지르며 손을 내밀어 멈춰 서달라는 젊은 할머니들을 심심찮게 볼 수 있다.

'나들이 콜', 이름에 정감이 간다. 나들이 간다니. 누가 지었는지 참 잘 지었다. 나들이 콜 제도가 생기면서 중증 장애인들도 내가 가고 싶은 곳을 편하게 갈 수 있다. 특히 전동휠체어를 타고 다니는 지체장애 학생들은 이로 인해 자율성과 독립성을 기른다. 그동안 자녀 등하교 시키느라 꼼짝을 못 하셨던 부모님도 개인 시간을 가질 수 있게 되었다. 아침에 등교 준비를 해서 나들이 콜을 불러 학교에 보내면 된다. 학교에 가지 않아도 된다. 하교 때도 학교로 나들이 콜을 불러주면 학생 혼자 타고 집으로 갈 수 있다.

대구지역 나들이 콜은 대구에서만 이용할 수 있다. 대구에서 경산에 있는 대학에 가기 위해 나들이 콜을 이용하려니 지역이 달라서 갈 수 없다고 한다. 경산에 있는 대학에 진학한 학생 한 명은 이런 이유로 어머니께서 직접 운전을 해서 학생의 등하교를 해 주고 있다. 몸이 힘들 때도 있을 테고, 가정에 일도 있을 텐데. 나들이 콜을 이용하는 사람들은 중증 장애인들이니 지역 간 교류할 수 있도록 제도가 바뀌면 좋겠다는 생각을 했다.

올해 고3 학생 중 5명이 대학 진학을 준비하고 있다. 진학 준비를 하며 여러 걱정이 있겠지만 나들이 콜이 지역 간 교류가 안 된다는 점에서 많은 걱정을 하는 것 같다.

내가 사는 주변과 이웃에 조금만 관심을 기울여보자고 말하고 싶다. 특수교육 관련 서적의 위치를 휠체어를 탄 사람도 쉽게 접근할 수 있는 위치에 놓고, 나들이 콜도 지역 간 교류할 수 있도록 제도를 바꿔서 중증 장애인들이 편리하게 이용할 수 있도록 한다면 참 좋겠다. 제도를 만들 때 필요한 내 이웃이 편리하게 이용할 수 있다면 제도를 만든 사람도 더 보람될 수 있을 것 같다. 나 또한 특수교사 일을 하면서 장애 학생들이 얼마나 불편하고 힘들지 조금 가늠해 볼 수 있을 뿐이다. 상대방의 입장이 돼 보지 않으면 진정으로 그 처지를 이해할 수 없다. 남편 손가락 끝에 생채기가 나서 아프다고 하길래 그 정도로는 엄살이라고 말했다. 어느 날 내 손가락 끝에 생채기가 생겼다. 나는 그제야 몹시 불편하다는 사실을 깨달았다. 역지사지의 태도는 공감 능력의 또 다른 표현이라고 한다. '역지사지(易地思之)'하는 삶을 가꾸어 가고 싶다.

04

세상의 문턱

우리나라 동화에 토끼와 거북이 이야기가 있다. 토끼와 거북이가 어느 날 내기 경주를 한다. 토끼는 깡충깡충 뛰어간다. 거북이는 느릿느릿 바닥을 쓸며 앞으로 나아간다. 느림보 거북이에게 불리한 경주에서 거북이가 이겼다. 어렸을 때 이 동화를 읽으며 토끼가 참 한심하다고 생각했다. 동화에 나오는 삽화는 산등성이가 있고 경주하는 장면이 그려졌다. 토끼가 세상모르고 자고 있는데 느릿느릿 거북이가 다가오는 장면을 읽으며 내 마음이 쿵쾅거렸다. 어린 나는 동화 속으로 들어가 토끼를 흔들어 깨웠다. 느림보 거북이는 자신이 느리다는 것을 알기에 최선을 다한다. 거북이는 자신의 신체적 제약을 딛고 성실한 노력으로 토끼를 이겼다. 나는 거북이가 우승할 수 있었던 이유하나를 발견했다. '턱'이 없는 동산이다. 만약 거북이 앞에 높은 턱이 버티고 있었다면 우승할 수 있었을까?

'성실과 노력'이 요구되는 사회에서는 거북이가 인기가 있다. 시대가 바뀌어 우리 사회에 '빨리빨리' 문화가 형성되었다. 그러다 보니 성격도 급해진 것 같다. 빨리빨리' 하다 숨넘어갈 것 같다. 외할머니께서는 항상 급하게 먹으면 체하니 천천히 먹으라고 말씀하셨다. 손주들이 먹는 모습이 예뻐 보였는지 체한다고 걱정하시면서도 먹을 것을 자꾸 가져다주셨다.

어린아이들은 앞만 보며 달린다. 바닥을 내려다보지도, 옆을 보지도 않고 무조건 달린다. 그 뒤를 따라 부모도 달린다. 아이가 넘어질까 봐서다. 전속력으로 달리는 아이들은 조그만 턱에 살짝만 걸려도 넘어진다. 뒤따라온 부모는 '에구 좀 보면서 달리지.' 하며 아이가 많이 다치지나 않았는지 살핀다.

지난해 버스에서 내린 나는 신호등이 바뀐 것을 알고 앞만 보고 달렸다. 몇 년을 매일 아침 다니는 곳이라 바닥을 굳이 보지 않아도 되었다. 갑자기 몸이 중심을 잃고 앞으로 고꾸라졌다. 가방이 저리 날아갔다. 아파서 무릎만 만지고 있는데 어떤 아저씨가 가방을 가져다준다. 한참 후에 일어났다. 내가 넘어진 곳에는 벽돌 두 개가 튀어 올라왔다. 평평하던 길에 턱이 하나 생겼다. 만약 이 길을 휠체어를 탄 사람이 지나가거나 시각장애인이 지나갔다면 무슨 일이 벌어질까? 생각만 해도 아찔하다.

장애인의 날이 되면 장애에 대한 많은 홍보물이 나온다. 다양한 문구들이 인상적이다. 장애 학생들을 '배움이 느린 아이들'이라고 소개한다. 조금 더 잘 배우기 위해 현장에서 직접 체험하며 경험할 수 있는 체험학습을 선호한다. 물론 교사들은 학교 안에서 수업하는 것보다 몇 배 더 신경이 쓰이고 힘들다. 그런데도 교육의 효과가 좋으니 체험학습을 진행한다. 아이들도 바깥으로 체험 활동 나가는 것을 좋아한다. 그런데 마땅히 갈 데가 없다. 장소를 섭외하는 데 물리적인 제약이 많다. 안타까운 일이다. 시설 때문에 가 보지 못하는 곳이 많다. 엘리베이터가 있어도 2인용 1대만 있는 경우는 섭외해도 충분한 체험 활동을 하기가 어렵다. 층간 이동에 시간이 많이 소요된다. 이런 경우 체험 활동 내용을 줄이기도 한다. 그래서인지 발달장애 학생들보다 지체 장애 학생들의 현장학습이 상대적으로 그 횟수가 적다.

어떤 사람이 외식하는데 매일 같은 음식점만 선호하였다. 아니, 다른 음식도 좀 골고루 먹어보지. 왜 꼭 그 집 음식만 먹으러 가자고 그럴까? 이유는 간단하다. 그 집은 식당 입구에 턱이 없어서 휠체어가 식당 안으로 들어가기 좋다. 직장을 다니고 있는 휠체어를 탄 사람이라면 점심시간에 휠체어가 들어갈 수 있는 식당을 찾지 못해 곤란할 때가 많다. 분식집은 대부분 공간이 작아서 휠체어가 들어가기 어렵다. 일반 식당은 문턱이 높은 곳이 많다. 그래서 문턱이 낮은 식당을 발견하면 단골이 된다. 음식의 종류는 문턱보다 중요하지 않다.

지난 4월 15일 제21대 국회의원 선거에서 시각장애인 국회의원이 배출되었다. 나의 관심을 끈 건 당선 후 뉴스에 나온 소식이다. 이 당선인은 시각장애가 있어서 당연히 안내견을 데리고 다닌다. 안내견은 시각장애인에게는 눈이며 동반자다. 안내견의 출입금지를 차별로 하는 법률을 제정한 국회에서 안내견 출입에 대한 논란이 있다는 데 놀랐다.

시내를 다니다 인도 보도블록 위에 커다란 돌을 박아 놓은 곳을 발견하곤 놀란 적이 있다. 인도에 차를 주차하지 못하게 하려고 설치를 해 놓았다는 말을 들었다. 시각장애인이 케인을 두드리며 길을 찾아가다 여기를 맞닥뜨리면 어떻게 될까? 불안한 요소들이 많다.

요즘은 어디를 가도 인문학이다. 관공서든 기업이든 인문학이 유행하면서 여기저기서 힐링과 독서, 인성, 행복, 느림 등등의 키워드가 마구 쏟아져 나왔다. '느림의 미학'이 유행이다. 나는 '느림의 미학' 키워드가 좋다. 그냥 느림이라는 글자만 읽어도 좋다.

지적장애나 발달장애가 있는 학생들의 배움 속도는 느리다. 느리지만 성실하게 노력하면 조금씩 발전할 수 있다. 휠체어를 타고 있는 지체 장애 학생들도 길에 높은 턱이 없다면 어디든지 자유롭게 갈 수 있다. 경험의 기회와 폭을 넓힐 수 있다.

3월 20여 일쯤이면 개학하고 채 안 되는 시간이다. 새롭게 만난 아이들과 어느 정도 신뢰를 쌓았다. 농담도 하며 말을 편하게 하기 시작하는 때이다. 근교 공공시설로 전교생이 현장체험학습을 다녀왔다. 전교생이래 봤자 120여 명 안팎이다. 프로그램이 좋아서인지 학생들 참여율이 높다. 이 공공시설은 우리 학교에서 매년 3월에 활용한다. 학생들이 앉아 있는 휠체어를 한 명 한 명 일대일로 밀어줘야 하므로 이날은 학부모님도 함께 참여한다. 현장체험학습에 자원봉사자를 활용하기도 하지만, 3월의 이날은 학부모와 함께한다. 오전 프로그램을 마치면 아이들은 엄마가 정성 들여 준비해 온 점심을 먹는다. 행복한 시간이다. 반마다 개별 도시락을 준비해 오기도 하고 도시락 업체에서 아이들이 좋아하는 메뉴를 주문해서 가져오기도 한다. 나도 볶음밥을 넉넉하게 준비해 갔다.

엘리베이터 문턱.

시계를 봤다. 40분이 걸렸다. 점심을 먹고 60명의 학생이 2층 강당에서 3층으로 올라가는 데 40분이 걸렸다. 한 층 이동에 40분이 걸렸다는 사실은 일반인들은 상상도 할 수 없는 '시간'이다. 엘리베이터는 휠체어가 2대만 들어갈 수 있다. 그동안 기다리느라 인솔 교사들과 학부모는 진이 빠졌다.

"이거 뭐 하는 짓이고"

"와이카노, 건물은 이래 큰데 엘리베이터는 와 이 코딱지만 한 것한 대 밖에 없노?"

하염없이 기다려야 하는 상황에 화가 난 학부모의 말이다. 나는 화도 나고 학부모 눈치도 보였다. 어른들 상황과는 달리 아이들은 오후 프로그램도 즐겁게 참여했다.

행사를 마치고 프로그램 담당자와 시설 관련자를 만났다. 장애 학생들도 자유롭게 이용할 수 있도록 시설 개선을 요구했다.

담당자는 다른 엘리베이터를 설치할 수 있는 공간이 없다고 말한다.

"어렵다면 슬로프라도 있었으면 좋겠습니다."

"이미 공사가 완료된 건물이라 안타깝게도 설치할 공간이 없습니다."

"아, 제가 보기에는 엘리베이터나 슬로프를 설치할 수 있는 공간이 보입니다. 저쪽 건물 외곽에 설치할 수 있을 것 같아요. 그리고 이쪽 끝에 슬로프를 설치하면 좋을 것 같습니다."

답답한 사람에게 해결방법이 보인다. 담당자분은 건의해 보겠다고 이야기한다.

　그동안 학교에서도 장학지도가 나오면 여러 차례 건의했다. 우리 아이들도 불편하지 않게 이용할 수 있게 시설을 개선해 달라고 요구를 했다. 그러나 아직 어려움이 많은지 몇 년째 그대로다. 혹 물리적인 어려움이 있는 게 아니라 사람 마음의 문턱이 높은 것일까?

05

주민들이 불안에 떨고 있다고요?

아이들은 실제 체험을 통한 학습을 했을 때 교육 효과가 크다. 이전 근무지에서는 주 5일제 교육이 시행되기 이전에는 2주에 한 번 토요일마다 현장학습을 다녀왔다. 아이들은 현장학습을 하러 가는 날이면 무척 신났다. 아이들은 선생님과 달리 현장학습은 공부가 아니다. 거기에다 부모님께서 가방에 넣어주신 맛있는 새참을 먹을 수 있다. 현장학습이야말로 살아 있는 공부인데 아이들은 놀이라고 생각한다. 아이들 생각대로라면, 놀면서 공부하니 이보다 더 좋은 게 어디 있을까? 현장학습을 다녀보면 우리 장애 학생들을 나도 본 적이 없는 외계인을 만난 것처럼 대하는 사람들을 가끔 만난다.

발달장애아 특수학교에 근무할 때다. 지역 역사박물관으로 현장학습을 나갔다. 월곡공원이라고도 부른다. 입구에 들어서면 빼곡히 가득 찬 대나무밭 길을 만난다. 탄성이 절로 나온다. 아이들은 옛 선조들이 사용한 생활용품들을 신기한 모습으로 살펴본다. 박물관을 관람하고 나와서 공원 여기저기를 둘러보았다. 옛 부엌간을 보며 '나, 저거 텔레비전에서 봤는데'라며 한 아이가 보물이라도 발견한 듯 좋아했다. 작은 연못과 낮은 돌담을 덮고 있는 기와 담장 그리고 산책로 등은 현장학습을 하는 데 적당한 곳이다. 아이들을 사로잡는 것이 또 있다. 바로 작은 놀이터다. 아이들의 안전에 유의하며 자유롭게 놀도록 했다. 주변 평상에는 할머니 할아버지들께서 앉아 쉬면서 우리 아이들을 바라보고 있다. 한참을 신나게 놀고 있을 때였다. 50은 넘었을 것 같은 한 아저씨가 굳은 인상으로 다가왔다.

"이봐요, 이 애들 댁이 데리고 왔어요?"

"네, 저희 학생들인데요, 무슨 일이시죠?"

"지금 주민들이 불안에 떨고 있어요, 불안해서 밖을 못 나오겠다고 민원이 들어왔다고요"

"무슨 말씀이신가요? 불안에 떨고 있다니요? 민원이라뇨?"

"아니, 지금 이상한 소리가 온 동네를 공포에 몰아넣고 있다고요. 사람들이 무슨 소리인지 몰라 밖을 못 나오고 있어요, 들어 봐요. 지금, 저 소리"

아, 저 소리요! 아저씨가 말하는 소리는 우리 반 애들이 즐겁게 노는 소리였다. 친구들이랑 이야기하며 놀고 있는 소리인데. 나는 얼른 상황을 살폈다. 일단 시끄러웠다니 사과부터 했다. 한편으론 그럴 수도 있겠다는 생각을 하며 죄송하다고 했다. 아이들에게는 목소리를 낮추도록 이야기했다. 나야 익숙한 저 소리가 처음 들어보는 사람들에게는 공포로 다가갈 수도 있구나. 현장학습을 나온 우리 반 애 중 3명이 발성에 어려움이 있다. 한 아이는 소리로 의사 표현을 한다. 기분 좋은 소리, 기분 나쁜 소리, 도란도란 친구와 얘기 나누는 소리가 2학기가 되니 구분이 된다. 1학기 때는 표정을 보고 아이가 전달하고 자 하는 생각들을 이해했다. 다른 2명의 학생도 그렇다. 말이 없던 한 아이를 제외한 모든 아이의 소리가 어우러졌으니. 옆 반 아이들까지.

아니, 그렇다고 불안에 떨고 있다니. 얘들 소리가 민원을 불러일으 킬 만큼 그런가? 살짝 불쾌했지만 그럴 수도 있겠다고 같이 현장학습 을 나온 동료와 이야기를 했다.

현장학습을 다녀보면 가끔 '아, 내가 우리 아이들을 절대적으로 보 호해야 해!'라고 생각하게 하는 일들이 가끔 발생한다. 아이들과 내가 한 편이고 나머지 사람들은 모두 다른 한 편인 것 같다. 세상은 우리 아이들을 이해하는 사람들도 많고 좋은 사람들도 많이 있다. 그런데 가끔 의외의 상황에서 이해받지 못할 때 그런 생각은 든다.

아, 특수교육은 정말 특수한 상황이구나.

요즘은 각 반에 학생들의 교육 활동과 신변처리 등을 지원해 주는 실무원이 있다. 학급 인원도 대략 6~7명이고 학교마다 다르긴 하지 만 부담임까지 있으니 현장학습을 나가는 데 크게 부담이 없다.

3년 차 때다. 지적장애 아이들과 현장학습을 나갔다.

여학생 반이었다. 10명의 학생을 2명씩 짝을 지어 손을 꼭 잡도록 하고 현장학습을 나갔다. 주제는 양식 식당 이용하기다. 시내에 있는 돈가스 식당에 예약하고 찾아가는 길이었다. 아침부터 술을 마셨거나 어제 마신 술이 덜 깬 듯해 보이는 한 아저씨가 다가왔다. 순간, 아이들에게 조금 빨리 걷자고 했다. 아무래도 우리를 향해 오는 것 같았다. 맨 앞에 있는 반장에게 곧바로 가면 된다고 알려주고 아이들 중간 뒤쪽으로 갔다.

"아니, 멀쩡하지도 않은 이런 애들을 데리고 혼자서 시내에 나오다니, 정신이 있나 없나?"

이런 애들이라니, 정신이 없다니, 저 아저씨 지금 뭐라고 하는 거지? 마음속으로 기분이 나빴지만, 술 취한 사람이라 여겨 말대꾸하지 않고 애들한테 조금 빨리 걷자고 말했다. 그렇지만 가슴은 쿵쾅거렸다. 아이들이 수군대는 소리도 들렸다. 나는, 괜찮으니 걱정하지 말라고 하며 속도를 냈다.

"이봐, 왜 이런 애들을 데리고 혼자 나왔냐고!"

뭐라고 대꾸를 해야 하나? 주변을 살펴봤다. 여차하면 도움을 청해야 할 것 같았다. 파출소는 이미 지나왔다. 아저씨가 내지르는 소리에 주변 매장에 있던 몇몇 사람들이 얼굴을 내민다. 한 아주머니가 술취한 사람이니 그냥 무시하고 가라며 손짓을 한다. 이 상황에 관심만 보여주셨는데도 고마운 마음이 들었다. 조용하다 싶었는데 또 따라온다. 이번에는 잘 알아들을 수 없는 소리를 해 댄다. 조금만 더 가면 되는데, 남편에게 전화해서 상황을 알렸다. 남편은 술 취한 사람이니 말대꾸하지 말고 그냥 가라고 하며 아이들이 있으니 위험하다 싶으면 112에 바로 신고를 하란다. 만약 그런 상황까지 가면 다시 연락하겠다고 하며 전화를 끊었다.

혼자서 나온 게 후회됐다. 괜히 우리 반만 따로 왔구나. 대개는 2개 반이 함께 이동한다. 한 반 선생님은 앞에서 이끌고 다른 반 선생님은 뒤에 가면서 안전을 살핀다. 식당 이용하기 주제를 아이들에게 미리 말을 해 놓은 상태였다. 기대하고 있는 애들이 실망할까 봐 도전했는데, 역시 혼자서는 무리였다는 생각이 든다. 무사히 식당에 도착했다. 자리에 앉자 아이들이 놀랐다며 서로에게 이야기하느라 바쁘다. 애들이 나를 믿고 조용하게 온 줄 알았더니 속으로 많이 놀랐었나 보다. 아이들 마음을 알아채지 못한 것 같아 미안한 마음이 들었다. 한편으로는 선생님을 믿고 동요하지 않고 목적지를 향해 왔다는 사실에 감동하였다. 책임감이 느껴졌다. 예약한 음식이 나오자 나도 아이들도 언제 무슨 일이 있었냐는 듯 현장학습 목적인 식사예절을 지켜 가며 맛있게 먹었다.

학교에 돌아와서 선생님들께 술 취한 아저씨 이야기를 했다. 흥분이 살아났지만, 이야기하면서 반성을 하였다. '그래 혼자서 애들을 데리고 나가는 것은 무리였어.' 내가 아무리 아이들을 믿고 또 나를 믿어도 혼자 나가면 안 되는 거였어. 아이들 안전에 대해서 다시 한번 생각해보는 시간이었다. 무모한 도전 정신은 내려놓자고 생각했다.

가만히 생각하니 기분 나쁜 이유가 또 있었다. 술 취한 아저씨가 말했던 '이런 애들'에 대한 표현이다. 이런 애들이라니, 우리 애들이 뭐 어쨌다고 그런가?, 아저씨는 술 취해서 고래고래 소리 지르며 지나가는 사람들에게 시비나 걸었으면서. 우리 애들과 나는 질서 지키며 길을 갔을 뿐인데.

'이런 아저씨'라고 하면 아저씨 기분은 어떻겠습니까?

06

너를 믿었어

아이들과 함께 생활하다 보면 다양한 이야깃거리들이 쌓인다. 애들을 너무 믿었다가 가슴 쓸어내린 아찔한 이야기도 있다. 순간순간 놀란 가슴을 쓸어내린 적이 많다. 그래, 그러니까 특수지! 그러니까 우리 학교에 왔지!

장애 학생 중에는 자신감이 낮은 아이들이 많다. 마음은 있지만, 행동이 뜻대로 되지 않으면 실망을 한다. 금방 보고, 할 수 있을 것 같아서 '내가 해 볼게' 하고 도전했는데 마음대로 안 된다. 그러면 아이들은 '에이~' 하고 실망하며 뒤로 물러난다. 선생님들은 실망한 아이의 얼굴을 보고 다시 한번 기회를 준다. 선생님이 보기에도 아이들이 다시 하면 될 것 같다는 생각을 한다.

"미선아, 할 수 있어. 한 번만 다시 해 보자!"

"선생님, 저는 못 해요"

"음, 우리 미선이 왜 그렇게 생각해? 선생님 생각에는 할 수 있을 것 같은데?"

입을 쭉 내밀고 고개를 숙이고 있던 학생은 선생님 성화에 못 이기는 척 선생님 손에 이끌려 다시 도전해 본다. 선생님은 아이가 성공할 수 있도록 과제 분석을 통해 아주 작은 단계부터 제시한다. 이러면 대부분 아이는 성공을 한다. 아이의 시작점에 맞춰서 과제를 제시했으니. 그때 아이들의 환한 미소는 세상을 다 가진 표정이다. 올림픽에서 금메달을 딴 선수 같다. 어려운 숙제를 해낸 뒤 엄마에게 칭찬받고 행복해하는 아이들 모습과 같다.

아이들의 환한 미소는 선생님에게 자양분이 된다. 그래, 참 잘했어, 이 맛에 특수교사 하지! 동료 교사에게 은근슬쩍 자랑한다. 나, 이런 선생님이야. 아이에게 행복감을 불러일으켜 준 선생님! 아이의 자신감을 키워 준 선생님! 능력 있는 교사입니다. 동료 교사는 알고 있다. 지금 자기 자랑을 하고 있다는 것을. 그래도 맞장구를 쳐 준다. "와, 어떻게 그렇게 했어요? 선생님, 대단하세요." 그러다 가끔 실수한다. 내가 그랬다.

고등학교 3학년 담임을 했을 때 이야기다. 학급 반장을 하는 아이는 배려심 많고 품성이 착한 아이다. 친구를 좋아하고 잘 챙겨주는 마음 씀씀이가 예쁜 아이였다. 가끔 아이들은 담임인 나보다 반장을 더 찾았다. '혜정아, 금희가 울어. 혜정아, 물 떨어졌어. 혜정아, 나 화장실 가고 싶어. 혜정아, 음악실로 가야 해?' 처음엔 당황했다. 내가 학급 운영을 잘 못 하고 있나? 아이들이 왜 나를 안 찾고 반장을 찾지? 반 아이들은 착하고 동생들을 잘 챙기는 큰언니를 대하듯이 반장을 따랐다. 중학교부터 고등학교 3학년이 될 때까지 여러 해 같은 반을 한 친구들이다. 잘 챙겨주는 혜정이가 큰언니처럼 느껴졌나 보다. 나도 반장이 예뻐 자꾸 뭔가를 해 주고 싶었다. 졸업 후 사회에 나갈 것이니 책임감도 기르고 아이의 자신감도 키워주고 싶다는 생각을 했다.

하교 버스를 타야 하는 학생 중 한 명을 혜정이에게 맡겼다. 반 아이들은 사는 곳 방향이 모두 달라서 통학버스 노선이 모두 달랐다. 혜정이에게 친구 한 명을 통학버스에 태워준 후 자신이 타는 버스에 타도록 했다. 나는 다른 학생들을 먼저 통학버스에 태워주고 반장이 태운 학생을 확인하면 됐다. 하교 버스 8대가 다닥다닥 붙어서 아이들을 기다리고 있다. 차량 도우미 분들과 미소로 인사를 하고 아이들을 놓치지 않으려고 두 명의 아이 손을 꼭 잡고 버스를 찾아간다. 주차장 시설이 열악하다 보니 등하교 시간이면 항상 복잡했다. 우리 반 학생들이 탈 차량을 찾아다니는 것이 불편했지만 불평 없이 잘 찾아다녔다.

특수학교 선생님은 학생들 안전에 대해 가장 많은 신경을 쓴다. 나도 마찬가지다. 교장 선생님부터 동료 교사들까지 한 입으로 하는 말이 있다.

'아무리 수업을 잘하고 업무를 잘해도 학생들한테 작은 안전사고 하나라도 나면 끝이다.'

학교에 있는 동안은 아이들의 작은 위험 신호 하나에도 선생님들은 격하게 반응한다. 책상 모서리에 찧거나 이동 시 조금만 부딪혀도 이리저리 살펴보며 괜찮은지 물어보고, 보건 선생님께 학생을 봐달라고 요청하고, 학부모에게 상황을 알린다.

우리 아이들은 위험 상황을 인지하는 속도가 다소 늦다. 인지해도 반응하는 속도가 늦은 아이도 있다. 더욱이 몸이라도 아파서 병원에 가는 일이 생긴다면 보통 큰일이 아니다. 진료부터 주사 맞는 일, 약 먹는 일까지. 치과 진료를 할 때 전신마취를 하고 진료를 받는 학생도 있다. 이런 경우는 학생과 학부모 선생님 모두 마음이 쓰일 수밖에 없다.

특수학교 학생들은 직접 병원 가기가 힘드니 대부분 지역 의료센터에서 학교를 방문하여 건강검진을 하는 시스템을 운영한다. 이때 일부 학생들은 혈액 채취 시간을 무척 두려워한다. 의사 선생님과 간호사 두세 명이 힘을 합쳐 학생을 붙들고 있어야 겨우 혈액을 채취할 수 있다. 학생은 안 하겠다고 소리를 지르며 발버둥을 치고, 담임은 그런 학생이 안쓰러워 땀을 닦아주며 마음을 안정시키기 위한 말들을 마구 쏟아낸다. 의사 선생님과 주변에서 학생을 붙잡고 있는 선생님들은 어떻게든 혈액 채취를 무사히 끝내려고 한다. 이때 다음 차례를 기다리며 이런 상황을 고스란히 보고 있는 학생들은 긴장할 수밖에 없다. 나 역시도 주사를 맞거나 혈액을 채취하게 될 때면 지레 겁이 난다. 무엇보다 바늘이 들어갈 때 잠깐이지만 따끔하니 아프다. 그래서 아프지 않게 주사를 잘 놓는 병원을 기억해 놓기도 한다. 물론 가끔 찾는 병원이니 간호사가 바뀌는 때도 있다.

초등학교 때 어깨에 불 주사를 맞는 날, 지레 겁을 먹고 학교 뒷산으로 친구 몇 명과 함께 도망하였다. 선생님께서 우리를 부르며 내려 오라고 했지만, 뒤도 돌아보지 않고 계속 산꼭대기로 올라갔다. 한참 을 숨죽이며 있었는데 아무도 오지 않았다. 지금 생각해보면 '이놈들 조금만 기다려라, 네 친구 맞고 나면 찾으러 간다.'라고 선생님들께서 시간을 주신 것 같다. 그런 줄도 모르고 우리는 잘 숨었다고 생각하 고 있었다. 친구들과 산을 배회하며 놀았다. 정확한 이름인지 모르겠 지만 '그시랑'이라고 부르던 풀을 뜯어 먹으며 놀았다. 지금 찾아보니 '그시랑'은 '지렁이'의 방언인데, 왜 그 풀을 '그시랑'이라고 했을까? 오래전 기억이라 잘못된 단어일 수도 있겠다. 얼마나 지났을까? 우리 는 결국 선생님 손에 이끌려 내려왔다. 어린 내 눈에 불 꼬챙이만큼 크고 무서운 주사를 맞았다. 며칠 동안 붓고 아파서 억울해했던 기억 이 난다. 지금도 어깨에 그 흔적이 고스란히 남아있다. 흔적은 추억과 함께 있는 것 같다.

반장 도움을 받아 학생을 하교시키다 가슴 철렁한 아찔한 경험을 했다. 여러 명의 아이를 혼자서 통학버스에 태우는 일이 늘 힘들었다. 한 손에 서너 명의 아이들을 붙잡고, 내 손 밖에 있는 아이들은 서로 손을 잡도록 한다. 교실에서 통학버스 있는 곳까지 가는 동안 계속 입 으로는 안전에 대해 떠든다. 그렇게 해서 모두를 통학버스에 태운다.
혜정이는 책임감과 자부심을 느끼고 친구를 통학버스에 잘 태워 주었다. 기특하고 믿음이 갔다. 어느 정도 숙련되었다는 생각이 들어 서 다른 역할을 뭘 줄까? 고민하고 있었다. 2학기가 되었다. 학예회 연습으로 바쁜 일정을 보내고 있었다. 이날도 정신없이 바빴다. 하필 혜정이가 태워 주는 학생이 탈 통학버스가 평소와 다른 자리에서 기다리고 있었다. 학교로 오는 길에 교통 사정이 안 좋아서 평소 시간보다 늦게 도착했다고 한다. 학교 버스는 모두 노란색이다. 외형이 모두 비슷하다. 버스 대기 위치가 바뀌어도 만약 안에서 학생들을 맞이하는 통학 도우미분의 얼굴을 보지 못한다면 헷갈릴 수밖에 없다. 이날은 통학버스 출발 시각이 다 되었을 때쯤 아이들을 모두 태웠다. 당연히 모두 탔겠지! 생각하며 혜정이가 태워 주는 학생을 확인하러 갔다. 학생이 없다.

"아니, 정말 안 탔어요?"

"예, 오늘은 안 탔어요!"

나는 가슴이 철렁했다. 허겁지겁 혜정이를 찾아갔다.

"혜정아, 친구 버스 태웠어?"

"네, 버스 탔는데요."

"안 탔던데, 버스에 없던데?"

"어, 제가 분명히 태워줬는데요."

혜정이는 태웠다며 고개를 갸우뚱했다. 이마와 등에 식은땀이 났다. 마음이 또 한 번 철렁 내려앉았다. 분명히 태웠다고 했다. 시간이 다 된 버스들이 출발하려고 한다. 앞차부터 확인해야 한다. 주변을 둘러보니 이미 다른 선생님들이 아이들을 다 태우고 현관으로 들어가고 있었다. 급하게 한 선생님을 불렀다. 혼자서 차량을 다 돌아보기에는 역부족일 것 같았다. 나는 맨 앞차부터 확인하고 도움을 주러 오신 선생님께는 중간부터 확인을 부탁드렸다.

중간 차량에서 아이를 찾았다. 차량 도우미분도 뒤늦게 아이를 발견하고는 막 학교에 전화하려던 참이었다고 한다. 혜정이에게 이러면 어떡하느냐고 따져 물었다. 참, 따져 물을 일도 아닌데, 원래 내가 해야 할 일을 혜정이에게 역할을 준다고 해 놓고선. 혜정이도 놀랐던지 원래 있던 자리에 통학버스가 있으니 태웠다고 했다.

"아이고 혜정아, 통학버스 이름을 확인해야지! 그리고 도우미분도 다른 사람이잖아!"

"아, 나는 그냥 오늘만 사람이 바뀐 줄 알았어요."

이날 이후로 혜정이에게 통학버스를 확인하는 단서를 하나 더 추가하여 기억하도록 했다. 도우미분의 얼굴을 꼭 확인하고 타도록. 혜정이는 지금 결혼해서 자신만큼 예쁜 딸을 낳아 키우며 행복하게 잘 살고 있다.

07

우리 학교가 더 특수해!

'햇살, 여행, 행복!'

내가 좋아하는 3가지다. 가장 좋아하는 것은 '햇살'이다.

고향 시골집 대문을 열면 바로 찻길이다. 찻길 건너는 S자 모양의 논들이 저 멀리 산자락 아래까지 층층이 펼쳐져 있다. 어린 시절, 봄이 오면 그 논둑길을 따라 친구들과 쑥을 캐러 다니곤 했다. 쑥은 너무 어려도 캐기가 어렵고 너무 크면 맛이 없다. 우리는 적절한 시기에 쑥을 캐러 다녔다고 생각했는데 아마도 부모님들께서 적절한 시기에 우리를 쑥을 캐러 내보낸 것 같다. 비가 오고 난 뒤에 쑥을 캐러 다닐 때면 긴 막대기를 하나씩 가지고 다녔다. 풀이 무성한 곳에서 뱀을 만나면 막대기가 필요하다. 나는 유독 겁이 많다. 뱀을 발견하자마자 쑥 바구니고 막대기고 뭐고 다 집어던지고 정말 도마뱀처럼 팔과 다리를 흔들며 도망간다. 지금도 뱀은 사진으로만 봐도 무섭고 징그럽다. 그렇게 추억을 쌓았던 S자 모양의 논두렁은 지금은 농경 정리가 되어 네모반듯한 논이 되었다.

햇살 내리쬐는 마루에 누워서 먼 하늘을 보는 시간을 좋아했다. 저 멀리 있는 산자락이 내 눈앞에서 오는 듯 가는 듯 하늘거린다. 비스듬히 내리쬐는 햇살을 받고 있자면 눈이 반쯤 감긴다. 나는 마루에 그렇게 누워서 햇살을 받는 시간이 마냥 좋았다. 지금도 햇살 들어오는 곳을 좋아한다. 버스를 타도 햇빛이 들어오는 곳을 찾아서 앉는다. 새 학년, 햇살이 많이 들어오는 교실을 만나면 그 해 1년이 행복하다. 아이들 하교 후 햇살 내려앉은 교실에서 마시는 차 한 잔이라니. 영혼이 살찌는 시간이다. 햇살이 내 몸에 닿으면 온전히 나를 맡기며 잠시 휴식을 취한다.

6월은 해가 길어서 좋다. 퇴근 후 모처럼 학교 근처 카페에 앉아 수다를 떨고 있다. 햇살이 카페 넓은 창으로 가득 들어와 있다. 하루를 보낸 피로 탓인지 창으로 들어온 햇살 때문인지 나른하다. 이야기를 나누고 있지만, 그냥 햇살에 몸과 마음을 맡기며 있다.

같은 나이지만 교육경력은 14년이 많은 동료 교사다. 친구처럼 지내는 이들과 오랜만에 만나 차를 마시고 있다. 평소에는 소녀 같은데 학교 이야기만 나오면 눈빛과 표정이 돌변한다. 할 말들이 많다. 이날의 주제는 '특수학교 중에서도 우리 학교가 더 특수해'였다.

같은 또래니 학교에서 일을 처리하거나 아이들 이야기를 나눌 때 공감이 잘 된다. 두 선생님 아이들을 몇 번 만났다. 모두 출중한 외모에 넉넉한 품성을 지녔다. 바른 인성을 갖추고 있다는 것을 느꼈다.

요즘 '인성교육'이 화두인데 두 선생님은 자녀들을 잘 키운 것 같다. 마음이 따뜻하고 열정이 있는 두 선생님은 특수교육에 대한 사명감과 아이들을 사랑하는 마음이 남다르다.

만나면 이야기의 시작이 무엇이든 마무리는 학교 아이들 이야기다. 예전에 지적장애 학교에서 같이 근무를 했으나 지금은 학교가 서로 다르다. 청각장애 학교, 발달장애 학교, 지체 장애 학교. 이날도 이야기는 서로에 대한 근황과 가족의 안부를 묻는 것으로 시작했다. 몇 마디 주고받고 나니, 아니나 다를까 학교 아이들 이야기로 주제가 자연스럽게 넘어간다. 청각장애가 있는 아이들 교육과 사회 진출 시 어려움, 발달장애 아이들 교육과 직업교육, 지체장애 학생들 진로와 가족지원 이야기 등. 오고 가는 이야기 속에 자신이 근무하는 학교 아이들에 대한 애정이 듬뿍 뿜어져 나온다. 사회와 국가에서 좀 더 관심을 가져야 한다. 졸업 후 가정으로 돌아가는 아이들을 위해 정부와 지자체에서 제도적으로 보완을 해줘야 한다는 이야기가 주였다. 그중에서도 본인이 근무하는 학교 아이들이 특수 중의 특수라고 우긴다. 장애를 극복하는 데 사회의 더 많은 관심이 필요하고 다른 장애 영역보다 조금 더 제도적으로 보장받아야 한다는 것이다. 아, 특수학교에서도 이렇게 장애 영역별로 입장이 나뉘는구나. 나는 청각장애 학교에 근무해 보지 않았기에 청각장애 학생들에 관한 이야기를 조금 더 이해하려고 귀를 기울였었다.

두 선생님은 지체 장애 학교에는 근무해 보지 않았다. 그래서 내가 알고 있고 경험한 이야기들을 풀어냈다. 특히 중증의 뇌 병변 장애 학생들이 얼마나 힘든 상황인지에 대해서. 중증의 뇌 병변 아이는 일상생활을 해나가는 데 모든 면에서 전반적인 도움을 받아야 한다. 밥을 먹거나 물을 마시거나. 신변처리, 이동 등. 학교에서는 온종일이라고 해도 무방할 정도로 휠체어에 앉아서 생활하는 시간이 많다. 희망자에 한해서 5교시에 열린 교실이라 하여 1시간 몸을 이완시킬 수 있는 시간이 있지만. 처음 학교에 왔을 때 아이들을 보는 것이 무척 힘들었다. 고개가 떨구어진 아이에게 다가가 수시로 물어봤다.

"고개 들어줄까?"

"아니요"

아이는 이미 고개가 숙어진 채로 근육이 자리 잡은 것 같다. 고개를 들어주면 아픈 모양이다. 학부모님도 고개를 들어야 하는데 계속 저러고 있으니 자꾸 고개가 숙어진다고 했다. 고개가 떨구어진 모습을 보고 있으면 힘들 것 같아 자꾸 물어봤었다.

어깨와 가슴, 허리, 다리에 벨트를 매고 있는 아이에게 다가가 물어본다.

"어깨 벨트 잠깐 풀어줄까?"

"괜찮아요."

학부모님이 아이의 신체 균형을 위해 벨트를 매야 한다는 이야기를 해 주셨지만, 자꾸만 풀어주고 싶었다. 풀어주면 몸이 조금 편안하게 이완되지 않을까? 처음 2주는 아이들을 바라보는 마음이 무거워서 수업이 잘 이루어지지 않을 정도였다. 그런데도 얼마나 해맑은 미소를 짓는지. 발달장애 학교에 있을 때는 수업 시간에 아이들을 집중시키는 방법의 하나로 소리를 크게 내기도 했다. 그렇지만 이곳에서는 소리를 크게 낼 수가 없다. 나도 모르게 큰 소리로 말할 때면 아이들 모두가 깜짝 놀란다. 놀란 아이들을 보며 나도 덩달아 놀란다. 아이들은 갑자기 큰 소리를 듣거나 문이라도 '쾅' 하고 닫히는 소리가 들리면 온몸으로 놀란다. 몸이 놀라면 근육이 긴장되고 그러면 아이들은 몸이 아프다. 물리치료실에 가서 근육의 긴장도가 높다는 이야기를 들었다고 하면 담임으로서 마음이 쓰인다. 교실에서 더욱 세세히 아이들을 살펴야 한다. 지난해 우리 반 학부모님 모두가 병원에 다녔다. 다리도 아프고 어깨도 아프고. 심지어 엄마가 아파서 아이의 등교가 어려운 날도 있었다. 아이를 안아서 차에 태우고 내리기를 하루에도 몇 번씩 반복해야 한다.

"아이고, 뇌 병변 장애도 정말 힘들구나!"

"그래요, 우리 학교 애들의 가장 큰 어려움은 졸업을 하고 나면 가정으로 돌아간다는 사실이에요"

"주간 보호센터나 그런데 갈 데 없어요?"

"중증의 아이들은 신변처리부터 모두 도움을 줘야 하니 받아주는 데가 많이 없어요."

"그렇군요, 그래도 10년 전에 비하면 지금은 많이 좋아진 것 같아요. 인식도 나아졌고"

"그래요, 앞으로 점차 나아지겠죠!"

분명 10년 전 20년 전에 비하면 여러 면에서 환경이 나아지고 있다. 처음 교사가 되었을 때는 한 교실에 10명에서 12명, 많은 반은 14명의 아이도 있었다. 지금 고등학교 과정은 평균 6명의 아이가 있다.

실무원이 있어서 수업 시간에 화장실을 가겠다고 하는 아이들 때문에 수업이 중단되는 상황은 발생하지 않는다. 지난해 고3 담임을 맡았다. 1명이 대학에 진학했고 5명의 아이는 전공과에 갔다. 학부모는 전공과라도 갈 곳이 있으니 다행이라고 했다. 졸업식 날 예전처럼 울지 않았다. 2년 후 전공과 수료식 때도 웃으며 아이들을 보내고 싶다. 졸업 후 전공과에 올려보낸 것처럼.

우리는 각자 자신이 다니고 있는 학교의 학생들 교육이 얼마나 중요하고 힘든지에 대해 한참 이야기 나눴다. 우리 학교가 특수 중의 특수라며.

3장

장애 학생들의
장애 극복기

01

이름을 쓰게 된 고3 민지

민지는 내가 9년 차 때 만난 발달장애 학생이다. 키가 크고 뽀얀 피부에 웃는 모습이 매력적인 여학생이다. 민지는 친구들을 좋아하고 장난기가 많다. 가끔 과격하게 장난을 치면 왈가닥처럼 보일 때도 있다. 내가 본 민지의 매력은 눈웃음이다. 머쓱할 때나 재미있을 때 장난칠 때도 민지는 씩 웃는다. 자그마한 반달눈에 웃음이 번지면 누구라도 민지를 예뻐하지 않을 수 없다. 민지는 글자를 읽거나 쓸 줄은 몰랐다. 수업 시간에는 그림이나 조작 도구 컴퓨터 기반 활동 등을 한다. 손 사용이 제법 민첩한 민지를 보며 이름 쓰는 것을 가르쳐 주고 싶었다.

"민지야, 선생님이랑 민지 이름 쓰는 공부해 볼까?"

민지가 씩 웃는다.

가르치고자 하는 교사의 열정이 얼마나 많든 간에 배움에 대한 학생의 관심과 노력이 없다면 아주 작은 성취도 이루기가 어렵다고 생각한다. 교사의 노력은 필수다. 배움은 가르치고자 하는 교사와 호기심과 관심을 두고 다가오는 아이들이 만났을 때 경이로운 일이 생긴다. 장애 학생들은 교사와 무한 신뢰감이 형성되었을 때 비로소 배움의 길로 들어선다.

나는 초등학교에 들어가서 이름 쓰는 것을 배웠다. 1학년은 2반까지 있었고 한 반은 45명이 있었다. 90명의 친구 중 입학 전에 글을 배워서 온 친구가 누가 있었는지? 적어도 내 기억에는 없다. 초등학교 입학을 해서 기역니은도 배우고 1, 2, 3, 4도 익혔다. 선생님께서 칠판에 한글 자음을 쭉 써 놓고 우리에게 따라 읽으라고 하면 모두 큰 소리로 '기역', '니은' 하며 따라 읽었다. 자음과 모음을 공책에 한 장씩 써 오는 숙제를 했던 기억이 난다. 집에서 숙제한다고 마루에 엎드려 자음과 모음을 공책에 빼곡히 쓰곤 했다. 동생들이 가까이 오면 언니 공부한다며 내 근처에 얼씬거리지도 못하게 했다.

초등학교 입학식은 내 인생에서 유일하게 참석한 입학식이다. 중고등학교 과정은 검정고시를 했고, 대학은 휴학하겠다고 학과 사무실로 가느라 입학식장에 가지 않았다. 그래서인지 엄마와 함께 초등학교 입학식 날 학교에 가던 풍경이 아직도 선명하다. 측백나무가 듬성듬성하던 샛길을 따라 학교에 갔다. 가슴에 하얀 손수건을 옷핀으로 꽂고서 엄마 손을 꼭 잡았다. 긴 치마를 입은 엄마의 유난히 검은 머리가 동백기름을 발랐는지 아침 햇살을 받아 반짝인다. 나는 엄마가 짜 주신 노란 스웨터를 입고 갔다. 솜씨가 좋은 엄마는 음식도 맛있게 해 주셨지만, 옷도 잘 짰다. 일이 조금 느슨한 날이면 방에 앉아 노란 색실로 스웨터 짜는 엄마를 보곤 했는데 내 입학 선물이었다. 스웨터에 옷핀으로 꽂아 놓은 손수건에 내 이름이 있었다. 박호숙. 아버지께서 써 놓으셨으리라.

　세상에 존재하는 모든 사물에는 이름이 있다. 브랜드 네이밍의 저자 정경일은 사람의 이름에 두 가지 의미가 있다고 말한다. 하나는 이름을 통해 그 사람의 가계를 짐작할 수 있고, 또 하나는 아이의 이름을 지은 사람이 그 아이에게 바라는 소망과 기원의 의미를 나타낸다는 것이다. '박호숙' 내 이름의 한자 뜻은 '좋을 호'에 '맑을 숙'이다. 아버지께서는 내가 맑고 좋은 사람이 되기를 소망하신 것 같다.

　내가 스무 살이 되었을 때다. 열아홉 살에 아버지께서 돌아가시고 1년이 지났다. 홀로 여섯 자녀를 책임져야 하는 엄마는 사는 게 힘드셨던지 나를 데리고 점을 보는 집에 찾아갔다. 내 이름 풀이를 했는데 이름에 외로움이 있다고 나왔다. 그때부터 나는 외로움을 느끼면 이름 탓인가? 하는 생각을 했다. 지난해까지만 해도 남편에게 내 이름을 바꾸고 싶다며 조르곤 했다. 바쁘게 살고 있지만, 마음 한 곳이 때론 허함을 느낄 때가 있다. 인간 본연의 외로움일지도 모른다. 이름만 바꾸면 외로움이 가실 것 같다는 생각을 했다.
　올 초, 인도 여행을 다녀온 후로 생각이 바뀌었다. 나를 세상에 데려온 부모님과의 연결고리인 내 이름. 박호숙 이름으로 쌓인 소중한 추억들을 사라지게 하고 싶지 않다. 이름을 바꾸면 내 이름을 기억하고 있는 사람들과의 추억이 사라질 것만 같다.

이 세상에서 민지를 가장 사랑하시는 민지 부모님의 소망과 기원이 담김 이름. "김민지" 하고 부르면 얼른 바라본다. 의자에 앉지 않고 교실을 자주 돌아다니는 민지는 다행히 4월쯤 되자 5분 이상 앉아 있는 시간이 많아졌다. 자리에 앉아 그림을 그린다고 힘차게 끄적댄다.

손에 힘이 있고, 흥미 있는 것에는 관심을 두는 민지에게 이름을 가르치기로 마음먹었다. 먼저 대학에서 행동수정 공부를 하면서 교수님이 보여주셨던 이름 쓰기 과제 분석을 떠올렸다. 민지의 흥미도를 고려해 과제 분석을 했다. 이름 인식하기, 자음부터 따라 쓰기, 보고 쓰기, 기억해서 쓰기. 이름 인식하기와 자모음 따라 쓰기를 동시에 진행했다. '김민지' 이름에 들어간 자모음을 모두 떼서 하나씩 따라 쓰기부터 시작했다. 학습지에는 민지 사진을 넣었다. 두 가지 사물 그림에서 민지 이름 찾기, 세 가지 사물 그림 속에서 이름 찾기, 여러 음절 속에서 '김' 찾기, '민' 찾기, '지' 찾기. 두 음절 중 '김' 찾기, '민' 찾기, '지' 찾기. 나무 그림에 '김' 글자 찾아 붙이기, 꽃 그림에 '민' 글자 찾아 붙이기, 구름 그림에 '지' 글자 찾아 붙이기.

이름을 인식하는 활동과 이름을 쓰는 활동을 좋아한다. 민지는 10분을 차분히 앉아 있는 일이 많지는 않았지만 작은 활동 하나하나에 즉각적인 보상을 했다. 가끔은 초콜릿과 과자로 보상을 하기도 했다. 그럴 때면 민지는 치명적인 눈웃음을 날린다.

민지 반 국어 수업은 일주일에 3시간이었다. 민지는 한 달 정도 지나자 이름을 인식했다. 쉬는 시간이면 수업 시간에 따라 쓰기를 한 이름 위에 덧입혀서 따라 쓰기도 했다. 민지 담임선생님께 가정으로 숙제를 내줘도 되겠냐고 물었다. 민지 어머니와 상담을 했다며 숙제를 내줘도 된다고 했다. 민지는 등하교를 엄마와 함께했고, 엄마는 학교에 자주 상주해 있었다. 숙제로 이름 쓰기를 내주기 시작했다. 처음에는 A4 한 장을 내줬다. 민지 어머니께서 더 달라고 하셨다. 민지가 이름 쓰는 것을 좋아한다고. 민지가 흥미를 보이며 노력을 많이 했다. 따라 쓰지 않고 '보고 쓰기' 단계로 넘어갔다. 어느 날 10분이 지났는데도 계속 쓰기를 하고 있다는 것을 발견했다. 기특했다. 비록 비뚤비뚤하지만 보고 쓰기가 어느 정도 됐다. 그러면서 민지는 모든 책에 '김'을 쓰거나 '민'을 썼다. 어떤 날은 자세히 보면 알 수 있을 정도로 '김민지' 이름을 썼다.

여름 방학이 되었다. 방학 동안 이름 쓰는 것을 쉬고 있으면 잊어버릴까 봐 염려됐다. 담임선생님께 또 요청했다. 여름 방학 숙제로 이름 쓰기를 내줘도 되겠냐고. 민지 담임선생님은 나의 대학 동기였는데 아이들 교육에 대한 열정이 남달랐다. 유쾌하게 내줘도 된다고 했다. 처음 시작했던 자음부터 완성된 이름까지 모두 출력해서 책처럼 묶어 주었다. 부모님도 좋아하셨다.

개학하고 민지 숙제를 받았다. 잘했다고 칭찬을 해 줬다. 칭찬받던 민지의 미소를 잊을 수 없다. 뿌듯함, 즐거움, 행복감. 담임선생님과 부모님의 협조, 그리고 민지의 노력으로 여름 방학 숙제가 완성되어 나에게 전달됐다. 100점이다.

2학기에 민지의 모든 책과 노트에는 '김민지'가 서명되어 있었다.

민지는 정확하게 자신의 사물에만 사인한다. 민지 이름이라는 것을 명확하게 인식했고 쓸 줄도 알게 됐다.

물론 철자는 비뚤비뚤했다. 비뚤비뚤하다는 것은 민지가 한 획 한 획을 정성 들여 썼다는 것을 의미한다. 'ㅣ'도 비뚤비뚤하다. 그냥 쭉 내려쓰는 것이 아니고 '이렇게 쓰는 게 맞지? 내가 잘 쓰고 있지?' 하는 생각을 하며 정성 들여 쓴 것 같다.

민지 담임선생님이 농담한다.

"선생님, 혹시 민지가 집에서 중요한 서류에 민지 사인을 하면 어떡하죠?"

"네? 아, 그런 일이 생길까요? 하하하"

12월 크리스마스 즈음에 나는 한 통의 반가운 카드를 받았다. 크리스마스트리에 색칠이 되어 있고 성탄을 축하한다는 글자를 색연필로 따라 쓴 카드다. 겉에는 비뚤지만 선명한 글씨로 '김민지'라고 쓰여 있다. 민지 담임선생님께서 민지 이름 쓰기를 일상생활 속으로 잘 확장시켜 주고 있었다. 민지는 자신의 이름을 쓰고 고등학교를 졸업했다.

02

교실 찾아가기 프로젝트

　한번 힘든 일을 경험해 본 사람들은 힘들 게 뻔한 새로운 일을 만나면 잠시 망설인다. 해야 할 일이 눈에 보이지만 시작하면 힘들 것 같다. 할까! 말까! 며칠을 망설이다가 주변 사람에게 상담한다. 상담해도 뾰족한 방법은 없다. 왜냐하면, 이미 본인이 그 대답을 알고 있기 때문이다.

　승호는 태어날 때 많이 아프게 태어났다. 의사 선생님은 '얼마 못 살 겁니다.'라고 승호 부모님께 말을 했다고 한다. 어렸을 때 여기저기가 아파 자주 병원에 다닌 승호는 내가 만났을 때 벌써 중학교 1학년이었다.

　승호는 내가 만난 아이 중에서 몸이 가장 빠르다. 승호와 함께 있을 때 잠깐 다른 데를 보는 찰나! 신발은 어느새 창문 밖을 향해 날아가고 있다. 날아간 신발은 야속하게도 화단과 교실 건물 사이 배수구로 떨어져 내가 주워 올릴 수가 없다. 학교에서 가장 날씬한 선생님께 부탁해 신발을 건져 올린다.

승호는 이동할 때 꼭 누군가의 몸에 밀착해서 팔짱을 끼고 다닌다. 그럴 때는 세상 순한 아이다. 손을 잡거나 팔짱을 끼지 않으면 이동하지 않는다. 승호가 선생님과 팔짱을 끼고 다니는 모습을 처음 보는 사람들은 선생님이 승호를 데리고 다닌다고 생각한다. 실제는 그 반대다. 팔짱을 낄 상대는 대부분 승호가 결정한다. 승호 마음에 들어야 팔짱을 끼는 영광을 얻을 수 있다. 대개는 담임선생님과 부담임, 실무원을 선택한다. 영특하게도 1년을 함께할 식구를 잘 알아본다. 우리는 그런 승호에게 사회생활을 잘하는 아이라고 말하며 웃는다. 어쩌다 다른 반 선생님이 팔짱을 낄라치면 선생님이 당황할 정도로 냉정하게 뿌리친다. 그리고는 얼굴을 빤히 바라본다. 장난스레 웃으시던 선생님이 살짝 민망해한다.

"아니, 선생님, 왜 그러셨어요. 승호가 선택할 때까지 기다리셔야죠! 하하하"

"아이참, 그러게 말입니다. 승호가 저를 좋아하는 줄 잠시 착각했습니다. 허허허"

학교 식당은 교실 건물과 떨어져 있다. 승호는 식당을 오고 갈 때면 나를 선택한다. 나로서는 기쁘다. 자기 반 학생한테 선택을 받았다는 것은 긍정의 신호니까. 승호와 함께 식당으로 이동할 때면 데이트하는 기분이다. 팔짱을 끼고 이런저런 이야기를 하며 식당을 오간다. 이야기 길을 걷는 것 같다. 한편으론 나는 간절한 마음으로 기도한다.

'제발, 오늘은 신발을 던지지 않게 해 주세요.'

나의 간절한 마음은 그냥 간절함뿐이다. 승호는 내 마음에는 도통 관심이 없다. 야속한 아이! 현관을 나와 10m쯤 갔다. 살짝 내 눈치를 본다. 벌써 눈가에는 엷은 미소가 흐른다.

"승호야, 아이고 밥 시간 늦겠다. 얼른 식당에 가자"

"흐흐흐"

분위기가 심상치 않다. 나는 승호가 신발 벗을 틈을 찾지 못하도록 팔짱 낀 손을 꽉 붙잡고 잰걸음으로 식당을 향해 갔다. 우리가 식당을 갈 때면 초등부는 밥을 먹고 나온다. 초등부 선생님이 가까이 다가오며 말을 건넨다.

"선생님, 식당 가세요?"

"네, 선생님. 얘들 밥은 잘 먹었어요?"

"네, 선생님. 어머! 승호 신발!"

아뿔싸! 선생님과 잠깐 인사를 나누는 사이에 승호 신발이 저 멀리 운동장으로 날아갔다. '아이, 승호 미워!' 곤혹스러워하는 내 마음과 달리 신발은 운동장을 향해 신나게 날아갔다. 승호는 내 팔짱을 낀 채로 두 손을 마주 잡고 큭! 큭! 웃는다. 심지어 선생님을 놀리니 재미있다는 듯 발을 땅바닥에 통통 치며 웃는다. '어휴!' 체념하며 승호와 함께 다시 신발을 주우러 갔다.

나는 여러 차례 승호가 던진 신발을 찾아오곤 했다. 내가 잠시 한눈을 팔면 승호는 찾아온 신발을 또 던지고. 그렇게 승호와 한 학기를 지냈다. 그러던 어느 날, 신발이 아닌 다른 뭔가가 내 마음속에서 꿈틀대기 시작했다. 교사인 내 눈에 뭔가가 들어왔고 마음이 움직일 준비를 하고 있다는 것을 알아챘다.

남편은 특수교육을 전공했지만 다른 직종에서 일한다. 남편에게 고민을 털어놨다.

"자기, 우리 반 학생이 꼭 팔짱을 껴야 이동을 해, 그런데 스스로 교실을 찾아가도록 훈련하면 될 것 같아"

"그래, 그러면 지도하면 되겠네."

"근데 그게 말이야, 시작하면 내가 시간을 많이 써야 해. 무엇보다 내가 힘들 것 같아 고민이야."

"그러면 조금 더 생각해보고 천천히 하든가!"

"후유~"

"한숨은 왜 쉬어! 그렇게 걱정되면 안 하면 되지, 다른 학생들도 있는데"

"아니, 그래도 내가 교사인데, 지도하면 바뀔 것 같은데, 힘들 것 같다고 안 한다면 말이 안 되지! 그렇지! 그럼 직무 유기지!"

이미 답을 정해 놓고 남편에게 상담한 것 같다. 교직 생활 동안 아이의 변화를 이끌기 위해 이때처럼 고민하고 고민한 적은 없었다. 과제 분석을 해 보니 최대 3개월 정도 훈련을 하면 스스로 교실을 찾아갈 수 있을 거라는 생각이 들었다. 2학기 개학 후 9월에 시작하면 11월 말쯤이면 스스로 교실을 찾아갈 수 있겠지! 1학기 동안 승호가 보여준 여러 모습에서 그런 판단을 했다.

지도가 시작되면 내가 가진 에너지 중 많은 부분을 승호에게 쏟아야 한다. 내 몸의 에너지는 한정되어 있는데 승호한테 집중해 버리면 다른 아이들을 지도하거나 업무 처리를 하는 데 힘이 들 수도 있다. 그렇다고 시작한 일을 힘들다고 중단하는 일이 생기면 안 된다. 여러 생각이 들었지만 시작하기로 마음먹었다.

승호의 인지 능력과 신체 발달 정도 그리고 승호 어머니의 협력 등을 고려하여 '승호 교실 찾아가기 프로젝트'를 시작했다. 과제 분석을 바탕으로 하지만 상황에 따라 지도 방법은 변경될 수 있었다. 실무원에게 계획을 이야기하고 협조를 구했다. 승호 어머니에게는 2주간 훈련 후 계획을 이야기하고 협조를 구했다. 승호 어머니는 반신반의했다. 중학교 1학년이지만 또래보다 3살이 더 많은 승호는 그때까지 팔짱을 끼지 않고 이동을 한 적이 없었으니.

처음 시작은 화장실을 다녀온 후 복도에서 교실로 들어올 때였다. 우리 교실은 화장실에서 제일 가까이에 있다. 승호가 미처 알아차리지 못할 만큼만 손을 살짝 놓고 두 걸음 나아가도록 했다. 몇 번 하더니 영특한 승호가 알아차렸다. 승호에게 틈날 때마다 내 계획을 이야기했다.

"승호야, 이제 승호 혼자 교실을 찾아가도록 해 보자, 할 수 있어!"

승호가 말을 알아듣는 것도 같고 아닌 것도 같다. 가끔 '선생님 지금 뭐라는 거야?' 하는 표정을 짓기도 한다. 훈련은 화장실을 오고 갈 때와 식당을 오고 갈 때 이루어졌다. 특별실 이동은 수업 시작 시각을 지키는 데 어려움이 있어서 하지 않았다.

현관을 나와 식당으로 가는 길은 짧지만 내가 힐링하는 공간이다. 오른쪽에는 화단이 있다. 왼쪽은 운동장이 있는데 운동장으로 내려서기 전 공간에도 화단이 조성되어 있다. 화단에는 잔잔한 풀꽃이 군데 군데 무리 지어 피어있다. 지나다니다 가끔 카메라에 담기도 한다. 교화인 영산홍도 있고, 아는 사람만 알고 따 먹는 앵두나무도 있다. 봄이면 앵두꽃이 참 예쁘게 핀다. 키 큰 소나무와 단풍나무 몇 그루가 중심을 잡고 서 있다. 눈이 즐겁고 마음이 잠시 휴식을 취하는 장소다.

　　이 길을 일주일에 3일은 승호와 눈싸움을 하고 실랑이를 하며 걸어 다녔다. 팔짱을 끼고 가다 장난스럽게 '나 잡아 봐라' 하며 달린다. 장난이 많은 승호는 헤헤 웃으며 달리듯 멈추듯 하며 5m 정도를 달려간다. 그러다가 멈춘다. 선생님이 다가와서 손을 잡고 함께 가주기를 기다린다.

　　"승호야, 이것 봐라~"

　　가끔 초콜릿을 보여주며 승호를 걸어오도록 했다. 안타깝게도 승호는 먹는 것에 매달리지 않았다. 그래도 한 번 더 초콜릿 포장지를 소리가 나도록 비비면 앞으로 몇 걸음 살짝 뗀다. 승호가 짜증 내기 전 얼른 승호의 기분을 알아차려야 한다. 그래, 오늘은 이 정도면 됐어.

　　'이제는 더 이상 안 속아, 손을 잡아주지 않으면 더 이상 안 일어날 거야'라는 강한 메시지를 담고 서 있는 승호와 눈싸움을 한다. 잠시 후 아예 땅바닥에 두 다리를 쭉 펴고 앉아서 놀 거리를 찾고 있다. 식당에 먼저 간 아이들을 봐야 하는데. 일단은 포기다. 승호가 이겼다. 자꾸 이러는 선생님이 밉다는 듯이 나를 한 번씩 흘겨보고는 팔짱을 낀다. 승호도 나도 서로 목적을 포기한 듯 털레털레 식당을 향해 발걸음을 옮긴다.

　　한 달이 지났다. 승호는 화장실을 다녀올 때 조금씩 혼자서 교실을 찾아가는 거리를 늘렸다. 나는 다른 학생 신변 처리를 해 주며 교실로 먼저 가라고 무심한 듯 말을 던졌다. 승호는 기다리다 포기한 듯, 한 걸음 한 걸음 교실을 향해 나아간다. 감동의 순간이다. 기특하다. 승호가 노력한 만큼 승호에게 애정을 듬뿍 표현했다. 훈련이 계속되었다. 내가 승호를 응원하고 예뻐한다는 것을 알아차렸다는 것을 느꼈다. 눈빛과 행동을 보면 알 수 있다. 그날 이후 승호와 나 사이에 끈끈한 유대감이 생겼다. 어쩌면 승호는 진작 나에게 사인을 보냈을지도 모른다. 다만 내가 그날 알게 된 것 같다. 승호와 내가 마음이 통했다고 느낀 그 날 이후 승호는 화장실에서 교실로 혼자서 이동을 했다.

예상한 3개월이 되기 전, 승호는 1층 현관에서 3층에 있는 교실을 혼자 찾아왔다.

힘들 것 같았던 일이 어느 날 눈앞에서 이루어졌다. '기적'이라는 단어로 표현하고 싶었으나 앞으로 승호에게는 일상이 될 수도 있어서 그렇게 표현하지 않았다. 화장실에서 혼자 교실을 찾아가고 난 후 조금씩 거리와 장소를 확장했다. 1층에서 2층 계단까지 혼자 올려보냈다. 익숙해지면서 내가 현관에서 승호에게 '혼자서 교실 찾아가 볼까?' 하고 올라가라고 하면 3층 계단 입구에서 실무원이 승호를 맞이한다. 실무원은 나에게 승호가 잘 왔다고 알려 주는 방법으로 훈련은 계속되었다.

어느 날 아침, 승호가 교실을 들어왔다. 뒤에 승호 어머니가 들어오시겠거니 하는데, 없다! 어, 이런 일이!

승호는 엄마랑 등교한다. 이날도 함께 학교 현관에 도착했다. 엄마가 다른 학부모를 만나 이야기가 길어졌다고 한다. 그 사이 승호는 늘 그랬듯이 터벅터벅 3층에 있는 교실을 찾아왔다. 프로젝트가 시작된 지 2달 반 만이었다. 잠시 후 승호 어머니가 얼굴이 사색이 되어 교실을 찾아왔다.

"선생님, 승호가 없어졌어요"

"승호 어머니, 저기 승호 앉아 있어요"

승호는 자리에 앉아 엄마를 보는 듯 마는 듯 세련되게 한 번 쳐다보고, 제 할 일을 한다.

"승호야, 멋졌어!"

03

하루 일과를 브리핑하다

아침마다 학생에게 하루 일정을 브리핑하던 해가 있었다. 영화배우만큼이나 잘생긴 한 아이가 등교하면, 그 아이에게 브리핑하며 하루를 시작했다. 변화를 싫어하는 자폐성 장애 학생의 특성으로만 봐왔던 석현이, 그러나 일정을 미리 알면 대개는 변화를 잘 받아들인다는 것을 알게 된 후부터다. 외부의 변화를 받아들이기 위해 내면의 갈등을 겪고, 그 갈등을 해소하는 과정은 눈빛과 몸짓으로 나타난다. 학교생활을 하며 새로운 일정이나 변화들을 모두 수용하지는 못했지만, 미리 내용을 알게 되면 대부분 받아들였다. 나는 그런 석현이가 기특해 석현이 어머니와 수시로 이야기를 나눴고 주변 사람들에게도 자랑하고 다녔다.

계획된 교육 활동 일정이 바뀌면 석현이에게 꼭 설명해야 한다. 수업 시간이 바뀌거나 특별실 이동이 취소되는 일이 생기면 전후 사정을 자세히 알려준다. 사소하다고 생각하는 일들이 석현이에게는 많은 스트레스 요소로 작용한다. 만약 브리핑을 깜박 잊은 날은 석현이도 나도 힘들다. 석현이는 바뀐 상황을 받아들이기가 힘들고 나는 설득시키느라 힘들다.

석현이는 외부 변화에 민감하다. 석현이만의 규칙이 있다. 그 규칙을 깨고 새로운 상황으로 전환하는 데 때로는 어려움이 있다.

스타일이 멋진 석현이는 면 재질 옷을 선호한다. 항상 깔끔하며 딱 떨어지게 옷을 갖춰 입는 모습이 영국 신사처럼 멋있다.

석현이는 집중해서 뭔가를 할 때도 멋있지만 웃는 모습은 더 매력적이다. 반듯한 외모에 행동도 흔들림이 없다. 통학버스에서 내리면 제일 먼저 하는 일이 있다. 통학버스 앞에서 기다리고 있는 내게 고개만 끄떡한다. 그리고선 모 선생님의 승용차를 향해 아주 즐겁게 뛰어간다. 입가에 미소가 가득하다. 승용차 앞에 서서 번호판 숫자를 손가락으로 따라 쓴다. 뒤 번호판 숫자도 따라 쓴다. 그런 다음 내 손을 잡고 교실로 향한다. 비가 오는 날도 어김없다. 나는 우산을 받쳐 들고 석현이가 번호판 숫자를 다 따라 쓸 때까지 기다린다. 다른 승용차도 있지만, 꼭 모 선생님 차로만 간다. 석현이의 등교 패턴은 여러 선생님이 알고 있다. 그래서 가끔 모 선생님께 차를 바꾸지 말라는 말을 한다. 만약에 차를 바꿀 계획이 있다면 꼭 석현이에게 말을 하고 바꿔야 한다고 당부 아닌 당부를 하며 웃는다.

교실에 들어오면 자세를 갖춰 가방 지퍼를 연다. 알림장과 필기구를 꺼내 책상 위에 가지런히 놓는다. 가방은 교실 뒤 사물함에 넣어

두고 자리에 앉는다. 자리에 앉아서는 옷매무새를 다듬고 나를 바라본다. 브리핑을 들을 준비가 됐다는 신호다. 나는 씩 웃는다. 나의 브리핑이 시작된다. 내용은 꼭 필요하거나 주의해야 할 것만 추려서 간단하게 한다. 브리핑을 다 듣고 나면 어떤 날은 화장실로 뛰어간다. 화장실이 급했던 모양이다. 참고 있다가 브리핑이 끝나자마자 뛰어나간다. 화장실로 뛰어가는 뒷모습을 보면 절로 미소가 나온다. 꼭 이렇게 말하고 있는 것 같다.

"나는, 오늘 내가 뭘 하는지 다 알았어."

브리핑을 시작하게 된 계기는 어느 날 현장학습을 다녀온 후부터다. 현장학습 일정이 바뀌면서 학생들에게는 미처 공지를 못 하고 학부모님께 바로 공지했던 날이 있었다. 다음날 현장학습 장소에 석현이가 오지 않았다. 석현이 어머니와 전화통화로 자초지종을 알게 되었다. 미처 공지를 받지 못한 석현이에게 그날은 학교에 가는 날이었다. 엄마는 일정이 바뀌었다고 이야기를 하고 현장학습 장소로 같이 오려고 하였으나 석현이가 학교에 가야 한다고 끝까지 우겨서 학교에 와 있다는 것이다. 아뿔싸!

반성했다. 좀 더 세심하지 못한 자신을 책망하며 아이들 개별 특성에 밀착해서 다가가야겠다고 생각했다. 점심시간 전에 학교에 도착했다. 석현이와 학부모님께 죄송한 마음을 전했다.

학교에 가야 하는데 현장학습을 하러 가자고 하는 엄마를 보며 석현이는 얼마나 답답했을까? 이해할 수 없었을 것이다. 현장학습을 하러 가야 하는데 바뀐 일정을 받아들이지 못하고 학교에 가겠다고 고집을 피우는 석현이를 보며 엄마는 어떤 마음이었을까? 두 사람에게 내가 무슨 짓을 한 거지? 조금만 더 신경 썼더라면 모자간에 신경전은 안 벌여도 됐을 텐데. 한동안 불편한 마음이 지속했다. 한편으로는 내가 하는 일에 대해 조금 더 전문가다워야 한다는 생각을 하게 되었다. 오후에 석현이는 특기 적성 수업을 하러 갔고 나는 이왕 학교에 오신 석현이 어머니와 이런저런 이야기를 나눴다. 웃는 모습에 소녀다움이 묻어나는 석현이 어머니는 학부모지만 여동생 같기도 했다. 대부분 학부모는 언니 같고 여동생 같기도 하다. 이야기를 나누며 석현이에 대해 더 이해할 수 있었다. 그리고 아들에 대한 엄마의 깊은 사랑도 다시금 알게 되었다.

브리핑을 시작하기 전, 4월 초 어느 날이다. 1교시는 전교생이 운동장에 모여 건강 달리기를 하는 시간이다. 반별로 대형을 맞춰 서서 체조를 한 후 달리기를 한다. 항상 하는 활동이어서 반별로 서는 자리가 은연중에 정해졌다. 이날은 감기에 걸린 학생이 있는 학급이 나오지 않았다. 그래서 한 줄씩 옆으로 이동을 하게 됐다. 아, 석현이가 원래 있던 자리에 있겠다고 한다. 우리 반 다른 아이들은 이미 이동을 했다. 석현이가 서 있는 줄에는 다른 반 학생들이 줄을 서기 시작했다. 한 여학생이 석현이 반에 가라고 하며 석현이를 밀어낸다. 그 학생도 자기 반 친구가 아니라 불편한 모양이다. 손을 내밀어 우리 반이 있는 곳으로 가자고 했다. 석현이는 꼼짝도 안 하고 이미 시작된 체조를 따라 하고 있다. 내 머릿속이 복잡했다. 어떻게 해야 할까? 어리석게도 학생 앞에서 교사의 권위가 먼저 떠올랐다. 단호한 표정을 하여 석현이를 우리 반 아이들이 있는 자리로 이끌었다. 힘이 센 석현이는 그 자리에서 오지 않겠다고 버티며 운동장이 떠나갈 듯이 고함을 질렀다. 그러는 사이 체조가 끝났다. 우리 반 아이들이 나와 석현이에게 다가왔다. 나와 석현이는 말없이 서로 얼굴을 쳐다봤다. 서로 할 말이 있는 듯.

"음, 그래. 석현아, 오늘은 여기서 했지만, 내일부터는 우리 반 친구들하고 같이하자!"

"네!"

다음날, 석현이는 어제 무슨 일이 있었냐는 듯 이동된 우리 반 자리에 와서 멋지게 건강 체조를 했다.

심리에 관심이 많은 나는 특수교육 장애 영역에서도 자폐성 장애 교육에 관심이 많다. 석현이가 다니고 있는 학교에 지원한 이유도 그래서다. 발달장애 아이들을 만날수록 한 명 한 명 개성이 달라도 매우 다르다는 생각을 했다. 석현이가 있는 우리 반 학생은 6명이다. 모두 학습 시작점이 다르고 학습 수행 능력이 다르다. 한 주제 안에서 학생들이 익히는 공부 내용과 속도가 다 다르다. 한 명은 한 시간 내내 단어 하나를 익히고, 다른 한 명은 순식간에 단어를 익힌다. 짧은 문장 쓰기를 하는 아이, 문장을 읽고 내용을 해석하는 아이, 그리고 같은 사물을 찾는 활동을 하는 아이들이 있다. 학습 내용보다 신경이 더 많이 가는 부분은 생활지도. 식사예절, 양치 습관 기르기, 상황에 맞게 인사하기, 질서 지키기, 내 물건 챙기기, 단추 잠그기, 물건 제자리에 가져다 놓는 습관 기르기, 심부름 보내기 등등.

브리핑을 시작하면서 석현이 어머니와 전화 통화하는 날이 많아졌다. 나는 변경된 학교 일정이 생길 때마다 전화나 문자를 했다. 석현이 어머니는 집에서 석현이랑 약속했거나 어디를 다녀와야 하거나 지각을 하거나 조퇴를 해야 하는 상황이 생기면 연락을 줬다. 석현이 어머니와 내가 연락을 많이 하는 만큼 석현이는 변화된 상황에 적응을 잘했다.

학년 초에 '석현이가 애교가 많다'라는 어머니의 이야기를 듣고 놀랐다. 자신이 원하는 것을 얻기 위해서 가끔 특유의 애교를 부리는데 그 애교를 보고 나면 석현이가 원하는 그것을 안 해줄 수가 없다고 했다. 이 애교에 나도 넘어간다.

석현이가 나를 씩 바라본다. 눈웃음을 짓는다. 내 반응이 없으면 한 번 더 씩 웃는다. 또 반응이 없으면 잠시 당황한 듯하나 또 눈웃음을 씩 짓는다. 나는 최소 4번이면 항복한다. 석현이는 이렇게 자신의 요구 사항을 관철하며 학교생활을 했다. 그리고 이런 애교는 현장학습 이후 아침마다 브리핑을 하며 신뢰 관계가 형성된 한참 후에야 보았다. 내 눈치를 살피며 행동을 하거나, 짜증을 낼 때야 석현이의 마음을 알아차렸던 시간이 있었다. 석현아, 미안했어.

04

자존심 DOWN, 자존감 UP

현진이가 자존심을 내려놓기로 했다. 반가웠다.

전공과 담임을 했다. 우리 반 학생들은 11명이다. 10명의 학생이 일반 학교 특수학급에서 들어왔다. 대부분 밝고 의사 표현도 잘하고 친구들과도 잘 어울린다. 그중에 작업 태도와 사회성이 좋으며 작업 처리 능력도 뛰어난 학생 한 명이 눈에 띄었다. 그런데 이 학생이 글을 읽고 이해하는 데 어려움을 갖고 있다는 것을 알게 되었다. 안타까웠다. 글공부를 어떻게 지도해야 하나 고민하던 차에 마침 학교에 대학생 자원봉사자가 온다는 소식을 들었다. 기회였다. 혹, 글을 배울 기회가 왔는데 봉사자가 또래라서 자존심 상해할까 봐 먼저 의사를 물었다. 자존심 강하고 한창 예민한 스무 살 아닌가. 생각해보겠다고 하더니 다음 날 글공부를 하겠다고 했다. 고민을 많이 했을 텐데 자존심을 내려놓은 현진이 마음이 기특했다. 자존심보다는 글을 잘 익혀 자존감을 높이고 싶은 생각을 한 듯하다. 등을 토닥여 주고 열심히 배워보자고 했다. 대답을 듣고 봉사 활동 담당 선생님께 바로 연락을 했다.

"선생님, 우리 반에 자원봉사자 한 명 필요합니다."

인근 대학과 이전 근무 학교는 봉사 활동 협력을 맺고 있다. 자원봉사 제도를 활용해 글을 읽고 내용을 이해하는 능력을 키워주고 싶었다. 충분히 발전 가능성이 있는 아이다. 그래도 혹시 나이가 비슷한 또래일 수 있어서 조심스럽게 이야기를 했는데 다행히 긍정의 대답을 해줬다.

먼저 자원봉사자에게 우리 학교와 학생들을 이해하도록 안내하며 같은 또래임을 인식하게 했다. 여학생 자원봉사자 한 명이 우리 교실에 왔다. 일대일 매칭을 하고 서로 자신을 소개하는 시간을 갖도록 안내했다. 현진이는 조금 수줍어했다. 다행히 자원봉사자가 예의 바르고 성실했다. 나는 아이들 현재 능력에서 시작할 수 있는 학습지와 책을 준비했다.

11명 학생이 나를 '담임 쌤' 하며 부른다. 듣기 좋은 소리다. 그동안 쭉 고등부 담임을 맡았다. 고등부 학급은 학생 절반이 중증장애 학생들이다. 신변처리부터 학습에 이르기까지 교사 손길이 많이 필요하다. 전공과 직업재활반은 취업 가능한 학생들을 선발한다. 그래선지 학생들은 의사 표현도 잘하고 작업능력도 어느 정도 장착됐다. 욕심이 났다. 생활지도와 친구 관계 등 마음을 써야 하는 부분도 있었지만 척하면 척인 아이들과의 학교생활에 기대가 컸다.

전공과 아이들은 대중교통을 이용해 등교한다. 운동장에서부터 떠들썩하다. 떠드는 소리로 누가 오는지 알 수 있을 정도다. 교실에 들어와서는 아침부터 친구들과 이야기보따리를 푼다. 어제도 학교에 나왔으니 그저 12시간 정도 떨어졌다 만났는데 시장터에 있는 느낌이다. 나는 교사 책상에 앉아 있지만, 아이들 이야기에 귀를 바짝 기울인다. 가까이 가지 않고 아이들 이야기에 귀 기울이는 데는 이유가 있다. 우선 이야기가 무르익을 때는 함부로 끼어들었다간 나만 손해다. 3월, 아이들과 이야기하고 싶어서 끼어들었다가 괜히 면박만 당했다. 줄임말이나 은어를 모른다고 나보고 조선 시대 사람이라고 놀린다. 그렇게 말하는 아이들을 보고 나도 놀랐다. 헉! 시대를 논하다니. 몇 번의 경험을 통해 이제는 내 자리에서 가만히 이야기를 듣는다. 잘 들어 두면 나중에 상담할 때 도움이 되기도 한다.

동시에 아이들이 큰 소리로 떠든다. 뭔가 중요한 일이 있나? 싶어 귀를 기울였다. 어제저녁에 본 드라마 이야기다. 주인공 행태에 대해 분개하고 있다. 아침 대화 소재는 주로 드라마, 어제 하굣길에 만난 친구, 수업 시간에 튀는 행동을 했던 친구, 잘생긴 남선생님과 예쁜 여선생님 이야기들이다. 아침 이야기 시간을 나누며 아이들은 심각해지기도 하고, 깔깔대며 웃기도 한다. 그러다 별일도 아닌 것 같은데 티격태격 싸운다. 그럴 때면 나를 불러 잘잘못을 판가름해 달라고 한다. '아이코' 섣불리 잘잘못을 따졌다가는 그날 하루 수업 시간 분위기는 꽝 된다. 내가 누구 편을 든 상황으로 마무리되기 때문이다. 적당히 얼버무려야 한다. 그러면 "아이~ 선생님!" 하며 아이들은 나를 흘겨본다.

아이들이 제일 잘하는 것은 나에게 뭔가를 일러주는 일이다. 특히 누가 무슨 일을 했는지를 제일 많이 일러준다. 그러다 또 싸운다.

아이들의 아침 풍경을 바라보고 있노라면 절로 미소가 나온다. 수업 시작 전 20여 분의 짧은 시간이지만 그 시간은 나의 힐링 시간이기도 하다.

3월 말쯤 아침 아이들 이야기 소리가 수다로 다가왔다. 즐거운 시간이지만 조금 의미 있는 시간이었으면 좋겠다는 생각으로 5분이면 할 수 있는 '생각 표현하기'를 준비했다. 말도 잘하고 씩씩한 아이들이지만 조금 더 적절한 단어로 다양하게 자신을 표현하였으면 하는 생각이었다. A4용지 1장에 3회를 할 수 있는 생각표현 하기 양식을 만들었다. 처음에는 아침에 등교하면서 본 것을 문장으로 적도록 했다. 어떤 아이는 아침에 본 것이 아무것도 없다고 했다.

"선생님, 저는 오늘 아침에 아무것도 본 것이 없어요"

"응? 학교에 어떻게 왔어?"

"버스 타고 왔는데요."

"그럼 버스 안에서나 바깥 풍경 중 본 것이 없어?"

"아……. 아무것도 못 봤어요, 잤어요."

"그럼, 버스 정류장까지는 어떻게 왔어?, 버스에 내려서 학교에 오는 동안에는?"

"아……. 예, 봤어요."

"그래, 그럼 그것을 써보렴"

'생각 표현하기'를 하면서 아침 교실 분위기가 변했다. 애들이 교실에 도착하자마자 내게 인사만 하고 종이를 가져가서 적는다. 전공과 담임선생님들의 협조로 3개 반 학생들이 같이했다. 친구는 뭘 적었을까? 궁금하기도 하고, 각자 본 그것에 관해 이야기도 나눈다. 의미 있는 아침 풍경이었다.

주제를 바꿔서 어제 집에 가서 오늘 아침까지 한 일 중에서 한 가지를 문장으로 적는 날이었다. 한 여학생이 나를 바라보더니 살짝 와서 작은 목소리로 묻는다.

"선생님, '설거지' 글자 어떻게 써요?"

"음, '설거지', 이렇게 쓰면 돼"

"감사합니다."

다음날도 또 와서 물었다.

"선생님, '빨래' 글자는 어떻게 써요?"

전공과 직업 재활 반에 합격했으니 당연히 글자를 다 안다고 생각했다. 수업 시간에 글을 읽는 시간이 있었지만, 그때는 미처 파악하지 못했다. 조용히 상담 시간을 잡았다. 읽기와 쓰기 테스트를 했더니 자주 사용하거나 받침 없는 쉬운 글자는 알고 있었지만 자주 접하지 않거나 받침이 있는 글자는 어려워했다. 이러던 차에 4월이 되었고 인근 대학 학생들이 학교로 자원봉사 활동을 나왔다.

자원봉사자는 여름 방학을 맞이할 때까지 한 주에 2시간씩 왔다. 내 수업이 비는 시간에, 반 아이들이 특별실에서 작업 활동을 할 때, 교실에서 글공부했다. 글을 익히는 속도가 생각보다 빨랐다. 어느 날 이렇게 잘하는데 그동안 왜 글을 온전히 익히지 못했을까? 궁금해서 고등학교 특수학급에 있는 선생님께 물어봤다. 이런 추측을 하며 대답해 주었다. '아마도 특수학급에 있을 때 아이들이 잘하는 영역을 특성화시켰을 수 있다. 부족한 부분을 채워주기도 하지만 잘하는 부분을 더 다듬어 주는 수업을 하는 선생님이 많다.' 아이들 작업능력이나 의사소통 능력을 봤을 때 충분히 이해가 됐다.

글공부 시작 전에 차를 한잔하며 이야기 나누는 시간을 가진다. 나는 살짝 뒤로 물러서 있다. 가르치고 배우는 이들 사이에 남자친구 이야기가 오고 간다. 이제 어엿한 성인이니 차도 한 잔 나누며 글공부를 한다. 문장 읽기, 내용 이해하기, 내 생각 나누기, 글로 쓰기 등. 새롭게 익히는 어휘는 받아쓰기도 했다. 3개월 정도 지나니 자신감을 가진 것 같다. 일찍 등교해 책을 읽는다. 실력이 늘고 있다는 게 눈에 보였다. 학교 도서관에서 동화책을 빌려 교실에 1주일씩 비치했다. 평소 나도 동화책을 좋아해서 교실에는 동화책이 늘 있었다. 어른도 읽는 동화책이라며 같이 읽었다. 아이들은 비교적 쉬운 동화책 내용을 술술 읽었다. 가끔 잘 모르는 단어가 나오면 친구에게 스스럼없이 물어본다. 기특하다. 글을 익히면서 아침마다 하는 '생각 표현하기' 문장력도 조금씩 늘기 시작했다. 말로는 표현되는데 문자가 떠오르지 않으면 친구 도움을 받도록 했다. 단어를 알려 주는 아이들도 친구가 자존심이 상하지 않도록 배려하는 모습을 보여준다.
"나도 원래는 이 글자 잘 몰랐어, 얼마 전에 알았어!"
귀여운 녀석들. 아이들이 쓴 문장들을 읽어보니 어제 사용한 단어가 오늘 반복되어 있다. 휴대전화를 꺼내서 뜻이 유사한 다른 표현을 찾아보자고 했다. 3명씩 조를 짜서 찾아보도록 했더니 교실이 시끌시끌하다. 자존심을 내려놓은 현진이, 자존감이 UP 됐다.

05

나의 꿈이 생겼다

"엄마하고 아빠 중에 누가 더 좋아?"

유년기에 누구나 한 번쯤은 이런 질문을 받는다. 어른들은 왜 꼭 이런 질문을 할까? 아이들은 부모 앞에서 이런 질문을 받고 나면 '뭐라고 대답하지? 어떻게 대답해야 하지?' 하며 엄마, 아빠 모두를 만족시킬 만한 적절한 대답을 찾느라 얼른 말을 못 한다. 짓궂은 어른들은 난감해하는 아이들 모습을 보며 한 번 더 놀린다.

"너 말 잘해야 한다."

"끙"

"……, 엄마가 좋아요"

다행히 엄마만 있는 상황이다. 당당하게 이야기는 했지만, 표정은 밝지가 않다. 아마도 '아빠도 사랑하는데' 하는 생각을 하는 것 같다.

현 근무지에 온 지 두 해쯤 되었을 때다. 아이들에게 가끔 하는 농담을 하다 뒤통수를 얻어맞았다.

"수민아, 엄마랑 선생님 중에 누가 더 예뻐?"

감히 엄마와 나를 비교해서 누가 더 예쁜가를 물어봤다. 내가 비교한 학생의 어머니는 실제 상당한 미인이다. 그것을 알고 있어서 학생이 뭐라고 대답할지 궁금했다. 내 질문을 받고서는 나를 빤히 쳐다본다. 뭐지? 저 반응은? 내가 어이없는 질문을 했나? 눈치 없이 나는 한번 더 질문하며 답을 재촉했다.

수민이는 발음이 정확하지 않아 자주 듣지 않은 말은 이해하기 어렵다. 일상에서 나누는 이야기가 아닌 전문적인 단어가 들어가거나 명확하게 내용을 알아야 할 때는 휴대전화에 있는 메모장을 이용한다. 수민이가 내가 민망할 정도로 나를 빤히 바라보더니 휴대전화를 꺼낸다. 한 글자 한 글자를 꼭꼭 누르며 쓴 내용을 나에게 보여준다. 나는 당황스러웠지만, 눈물이 날 만큼 빵 터졌다. 반 아이들이 뭐라고 썼냐고 묻는다. 정말이지 배꼽을 잡고 웃느라 얼른 말을 할 수가 없었다. 아이고, 내가 큰 잘못을 했네. 메모장에는 이렇게 쓰여 있었다.

"나도 보는 눈이 있다."

"너 선생님께 반말한 거야?"라고 말을 하였지만 나는 돌아서서 한참을 웃었다. 이 말은 며칠 동안 화제였다. 선생님들도 학부모님도 내게 왜 그랬냐고 나무란다. 감히 누구와 비교를 했느냐고. 나는 다시는 이런 말은 물어보지 않겠노라 다짐했다. 장난으로 물어본 말이었지만 진실만을 이야기하는 수민이의 생각이라 적잖이 충격이 왔다. 다른 사람이 들으면 내가 충격을 받았다는 말에 충격을 받을지도 모르겠다.

수민이는 도서관에 열심히 다닌다. 가만히 보면 가서 책을 읽는다기보다 책 표지를 훑는다. 도서관에서 나올 때는 두꺼운 책 1권을 대출해 온다.

학생들 독서량이 꽤 높다. 신체조건 때문에 움직이며 활동하는 일이 쉽지 않아서인지 책을 많이 읽는다. 등교 후 수업 시작 전이나 하교 시간, 쉬는 시간, 점심시간 등 아이들은 수시로 도서관에 가서 책을 읽는다. 책을 대출해 교실에서 친구들과 함께 읽는 아이들도 많다. 학부모님 상당수도 책을 빌려 본다. 3층 도서관 앞에는 S자 모양의 긴 소파가 두 개 있는데 이곳을 지나다 보면 책을 읽고 있는 학부모 한두 명은 꼭 본다. 흐뭇한 우리 학교 문화다.

수민이 책상 위에는 일명 '교수님 책'이 항상 놓여있다. 대략 4, 5백 쪽 분량은 될 듯하다. 두툼한 책을 빌려 와서 딱! 2장만 읽는다. 그리고 1주일을 책상 위에 두고 있다가 반납한다. 그런 수민이에게 다음 내용이 궁금하지 않으냐고 물어보면 궁금하지 않다고 한다. 조금 쉽고 재미있는 책을 빌려서 끝까지 읽어보자고 하면 그런 책은 내용이 시시하다고 싫어한다.

폼! 생! 폼! 사!

어느 날 다른 반 학부모님이 수민이를 찾아 우리 교실에 왔다. 수민이는 학부모님께 휴대전화를 받더니, 다 되면 갖다 드릴 테니 돌아가 있으라고 말한다. 아주 우아하다. 허, 참! 뭘 하나 가만히 지켜보았다. 스마트폰을 열더니 여기저기 들어가서 누르고 드래그하며 뭘 자꾸 만진다.

"수민아, 뭐해?, 어디 고장 났어?"

내 물음에 대답이 없다. 계속 만지더니, 교실 수업용 컴퓨터를 잠깐 써도 되냐고 묻는다. 고개를 끄덕였다. 아이들의 시선이 모두 수민이에게 집중되어 있다. 친구가 뭘 하나? 이리저리 정보를 찾더니 다시 스마트폰을 만지작거린다. 이러는 사이 수업을 알리는 음악 소리가 들렸다. 수업을 시작하려고 하니, 잠깐만 기다려 달라고 한다. 허, 참! 잠깐만 나갔다 온다고 한다.

"아니, 수민아, 수업 시작하는데 어디를 간다고?"

"잠깐만 갔다 올게요."

"어디를 가겠다는 건데, 어디 가는지 말은 하고 가야지!"

"다 돼서 갖다 주고 올게요."

"수업 마치고 쉬는 시간에 갖다 주면 안 될까?"

"…, 알았어요."

자리에 앉은 수민이에게 뭘 고쳤는지 물어봤다. 내가 얼른 이해를 못 하니 핸드폰을 꺼내 문자로 쓴다. 내용인즉슨, 앱을 내려받아 학부모가 실행하고자 하는 프로그램이 열리도록 했다는 것이다.

수민이는 굳이 따져보자면 컴퓨터 공학 계열 학생이다. 지체 장애로 인해 손놀림이 불편한데도 어느새 기능들을 다 익혔는지 신기할 따름이다. 기기 시스템 정보는 물론 실제 활용도 잘한다. 새로 출시되는 기종과 프로그램들을 거의 꿰차고 있다.

컴퓨터를 좋아하니 시간을 조금 더 효율적으로 보내도록 주제를 정해 PPT를 만들어볼 것을 제안했다. 수민이는 도서관에서 'PPT 제작 방법' 책을 빌렸다. 나는 정보부 담당 선생님께 노트북을 빌려서 돌봄교실 담당 선생님께 전했다. 수민이는 방과 후에 돌봄교실에서 6

시까지 있다가 집에 간다. 그 시간에 만들어 볼 생각이라고 했다. 돌봄 담당 선생님께도 자초지종을 알렸다. 수민이는 자유로운 제목으로 일주일에 한 편씩 PPT를 만들기로 약속했다. 그동안의 과정을 수민이 어머니와 이야기를 나눴다. 며칠 뒤 수민이가 웬일로 일찌감치 왔다. 지난주에 만든 내용이 담겼다며 이동식 외장 하드를 가지고 와서 나에게 내민다. 어떻게 만들었을까? 몹시 궁금했다. 기대 반 설렘 반으로 컴퓨터를 켜서 보게 되었다.

기본 소스를 잘 활용했다. 짧은 글과 사진으로 화면을 구성하고 수민이가 좋아하는 발라드 음악도 넣었다.

이틀 뒤, 또 한편을 만들어 왔다. 제목이 '○○○ 선생님'이다. 방과 후 미술을 담당하는 선생님을 수민이는 오랫동안 좋아하며 잘 따른다. 그 선생님에 대한 마음을 몇 마디 글로 넣고 언제 찍었는지 여러 장의 사진도 넣었다. 거기에 잔잔한 음악이 흐르니 한 편의 뮤직비디오를 보는 듯했다. 한다면 하는 아이다.

수민이는 수업 시간이 되면 공부가 싫다고 말한다. 공부가 싫다고 하면서도 컴퓨터 수업 시간은 기다린다. 국내 유명한 전자회사에 취업하는 것이 꿈이다. 현실적으로 생각해보면 어렵지 않을까? 생각도 해 보지만, 시도조차 해 보지 않는다면 누가 꿈을 꿀까?

아직 뇌 병변에 대한 이해가 없는 사람들을 만나면 어려움이 많다. 수민이는 보행이 불안하다. 복도에서 빠르게 걸어가면 나는 늘 외친다.

"천천히 다녀, 그러다 넘어진다."

발음도 정확하게 들리지 않는다. 수민이는 여러 차례 이야기하지만 내가 이해하지 못하는 경우가 많다. 이럴 땐 노트에 글을 쓰거나 스마트폰 메모장을 이용해 의사 표현을 한다. 그런데 손 사용이 불편해서 내용을 입력하는 데 시간이 꽤 걸린다. 학교 선생님들은 이런 상황이 익숙해서 수민이가 하고 싶은 말을 입력하는 동안 잠깐 다른 일을 하며 기다린다. 처음 만난 사람들은 이런 시간을 기다려 줄 수 있을까? 답답하다며 수민이와의 대화를 포기할지도 모른다. 넘어질 듯 걷는 모습에 가서 도와줘야 하나? 당황해할 수도 있다.

컴퓨터를 잘 다룬다고 해서 취업이 다 되는 것은 아니다. 그렇지만 수민이는 꿈을 꾸고 있다. 더 열심히 컴퓨터 공부를 해서 '○○ 전자' 회사에 취직하겠다고. 수민이의 꿈을 응원하며 기대해 본다. 앞으로 3년, 5년 후 아니면 언제일지는 모르나 어느 날, 수민이가 "선생님, 저 취직 했어요"라고 취업 소식을 전해주기를 희망한다.

학교생활에서 가끔 전자회사에 취업하려는 수민이의 꿈을 이용한다.

"너 전자회사에 취직하려면 글도 잘 써야 해."

"왜요?"

"회사에 취직하려면 자기소개서도 작성하고 면접도 봐야 하잖아, 그러려면 책도 읽고 해서 문장력을 늘려야지"

수민이는 글을 쓰기가 힘드니 글 쓰는 수업을 안 하려고 한다. 휴대전화나 컴퓨터를 잘 알고 조작 능력도 뛰어나서 컴퓨터로 글을 써도 된다. 그렇지만 졸업 후 사회에 나갔을 때 메모가 필요할 때도 있고 컴퓨터가 아닌 종이에 글을 써야 할 때도 있다.

"아이참, 정말?"

"그럼, 당연하지!"

"종이 주세요"

할 수 없다는 듯 학습지를 받아 든다. 왼팔을 접어 학습지를 누르고 상체를 숙인다. 이렇게 해야 글자를 반듯하게 쓸 수 있다. 오른손은 왼손 손등 위로 올려서 글을 쓰기 시작한다. 한 글자 한 글자 또박또박, 한 문장, 두 줄을 쓰는 데 5분이 걸린다. 손과 팔에 힘이 들어가서 아픈지 팔을 한 번 풀었다 다시 쓴다. 글을 쓸 때마다 팔에 힘줄이 터질 것처럼 보인다.

글쓰기가 이렇게 힘든데 자신의 이야기를 8장이나 써서 학급문집에 실었다. 'ㅇㅇ 전자' 회사에 취직하려는 꿈이 이런 노력을 하게 했다.

나도 보는 눈이 있다고 말하는 수민이. 자기 생각이 분명하고 불의에는 타협을 안 한다. 컴퓨터를 잘 알고 기계를 좋아하며 의리도 있다. 마음먹은 것은 스스로 찾아서 공부도 한다. 안 되는 것은 일찌감치 포기할 줄도 안다. 서툴고 불안해 보이는 일도 많지만, 수민이 일상은 매일매일이 장애를 극복하는 시간이다.

내가 선생님이 될 줄은 꿈에도 생각하지 못했다. 그저 배우고 싶어서 공부했다. 그러다 특수교육과에 들어왔고 선생님이 되었다. 나의 꿈은 '멋진 사람'이 되는 것이었다. 남들 보기에 어떻든 나는 꿈을 이뤘다고 생각한다. 열심히 사는 내 모습이 멋있고 마음이 따뜻한 것도 멋있다. 수민이가 꿈을 향해 꾸준히 나아가기를 응원한다. 수민이의 취업 소식 전화를 받고자 하는 나의 꿈이 생겼다. 나의 꿈이 이루어지기를 기대해 본다.

06

눈빛 하나의 이해

말이 통하지 않으면 주먹이다? 힘센 놈이 최고다. 목소리 큰 놈이 이긴다. 살다 보니 이런 말이 통한다는 사실을 주변에서 경험한다.

목소리 큰 사람이 생각난다. 스물한 살쯤이었던가? 두 여동생과 함께 부산 영도에서 자취했다. 같이 살던 오빠는 한동안 거제도에서 일하느라 집을 오랫동안 비웠다. 집은 대문을 열고 들어가면 단층 건물 2개가 수돗가를 사이에 두고 마주 보고 있다. 7가구가 살았다. 3세대가 함께 사는 집이 2가구 있었다. 한 집은 며느리 목소리가 크고 다른 한 집은 시어머니 목소리가 크다. 그 두 사람이 같이 이야기를 할 때면 정말이지 시끄러워서 귀를 막고 싶을 정도다. 목소리가 제일 커질 때는 전기세와 물세를 셈할 때다. 여러 가구가 살다 보니 공평하게 한다고 하나 대게는 목소리 큰 사람 뜻대로 되는 경우가 많았다. 나도 한 번씩 소리를 내 보았지만 어림도 없었다.

특수교사는 아이들과 신뢰 관계를 맺고 원만한 의사소통을 하는 것이 무엇보다 중요하다. 아이들 마음을 움직이게 하는 데 때로는 큰 목소리보다 간절한 눈빛을 보낼 때 효과가 있다. 나는 일명 '눈빛으로 말하기'로 아이들 마음을 파고든다. 단호한 태도를 보이다가도 때에 따라서는 애절한 눈빛으로 아이들을 바라보며 눈으로 말을 한다. 신기하게도 다섯 번 중에 세 번 정도는 통한다. 다른 선생님도 이 방법을 쓰겠지만 나는 이 방법이 유독 잘 통해서 '나만의 비법'이라고 말한다. 나는 눈이 크다. 어쩌면 나의 간절한 마음이 눈에 조금 더 크게 보이는지 모르겠다.

'눈빛으로 말하기'는 아이들과 신뢰감을 형성한 후 사용하면 효과가 있다. 눈빛은 애절하거나 간절하거나 때론 강해야 한다. 아이와 신경전을 벌일 때는 소리를 멈추고 눈빛을 보낸다. '제발 내 말을 좀 들어줄래? 나는 이번만큼은 너에게 지지 않을 거야, 지금은 네 말을 들어줄 수가 없어, 나 한 번만 봐주라' 등. 가끔 이 눈빛은 반사되어 돌아오기도 한다.

아이들도 나에게 눈빛을 보낸다. 아이들의 눈빛은 미묘하고 복잡하다. 평소와는 다른 눈빛을 보내올 때는 그 의미를 읽어내기가 어렵다. 아이들에게 미안할 뿐이다. 분명 생각을 담아 눈빛을 보내는데 내가 읽어내지를 못한다. 이럴 때가 제일 난감하다. 수업 시간이나 익숙한 활동 중에 보내는 신호는 얼른 알아챌 수가 있다. 문장을 읽고 내용을 이해하는 시간이다. 먼저 내가 아이들과 함께한 후 아이들 스스로 할 수 있도록 시간을 준다. 조금 있으면 아이들이 그만하고 싶다는 의사 표현을 한다. 다양하게.

"그만하고 싶어요. 안 할래요"

"선생님, 이거 다 해야 해요?"

"흠! 으흠!"

"툭! 톡톡!"

"……."

하지 않겠다고 직설적으로 말하는 아이. 눈치 보며 빙 돌려서 말하는 아이. 괜히 헛기침하며 나의 주의를 끄는 아이. 연필로 책상을 툭툭 치며 의사 표현하는 아이. 말없이 나를 쏘아보기도 하고 내 눈치를 보거나, 친구에게 동조를 구하는 아이도 있다.

생각을 말로 표현하는 데 어려움이 있는 학생들이 있다. 발달장애 아이들과 지적장애 아이들은 언어장애를 중복으로 가진 학생들이 많다. 뇌병변 장애 학생들도 발음기관에 장애가 있어 말 표현이 제대로 안 되는 학생들이 있다. 그렇지만 아이들은 어떤 방법으로든 자신의 요구를 전달하기 위해 의사 표현을 한다. 눈빛이나 몸짓, 정확하게 들리지 않지만, 힘을 주어 이야기를 한다. 반복되거나 익숙한 장면에서는 얼른 알아챌 수 있다. 아이들은 자신이 한 말을 선생인 내가 알아채 주면 무척 행복해한다. 눈빛을 보고 원하는 것을 해결해 주었을 때 아이들 표정이 환하다.

문제는, 아이들 의사 표현을 내가 얼른 못 알아챌 때다. 발음이 정확하지 않은 학생이 내게 말을 하는데 내가 이해를 못 해 다시 물어본다.

"미안한데 선생님이 잘 못 들었어, 한 번만 더 말해 줄래?"

아이는 잘 들어보라는 듯이 내 얼굴을 한 번 쳐다본다. 그리고는 최선을 다해서 천천히 내가 알아들을 수 있도록 말을 한다. 아! 두 번을 들었는데도 유추할 수가 없다. 이런 상황이 오면 마음속에 갈등이 생긴다. 다시 한번 물어봐야 하는데, 꼭 알아듣고 문제를 해결해 주고 싶은데, 그냥 적당히 알아들은 척을 할까? 한 번 찍어 볼까? 나는 어떤 식으로든 아이가 실망하지 않기를 바란다. 내가 얼른 말을 안 하자 아이는 이미 실망한 것 같다. 이왕 들켰으니 다시 물어보자. 미안한 마음에 용기를 낸다.

"음, 학교 이야기야? 아니면 친구 이야기? 아니면 집 이야기? 그게 아니야? 그럼, 지금 말하려고 하는 것을 미영이도 알고 있어?"

나는 속도를 천천히 하여 아이가 각각의 물음에 대답할 수 있는 시간을 준다. 계속 아니라고 한다. 다행히 마지막에 고개를 끄덕인다. 말 표현이 잘 되는 친구가 알고 있다고 한다. 그럼 됐다. 나는 화장실에 간 미영이가 돌아와서야 이 아이가 나에게 무슨 말을 하려고 하는지 알게 되었다. 미영이는 반 아이들의 이야기를 신기하게도 다 알고 있다. 친구 집안 사정도, 일정도. 학급에 미영이가 있어서 정말 다행이라는 생각을 또 한 번 했다. 이럴 때 학부모님과 통화를 하면 학생이 나에게 하고자 했던 말을 대략 알 수는 있다. 어떤 학부모님은 미리 전화할 때도 있다. 이런저런 일이 있었는데 아마도 그 이야기를 할 거라고. 그러면 정말 쉽게 아이와 대화를 할 수 있다.

아이들 마음으로 들어가 보고 싶다. 아이들은 늘 반신반의할 것 같다. 내가 표현하는 것을 선생님이 알아줄까? 지난번에는 몇 번을 말해도 모르던데.

가끔 이런 생각도 해 본다. 발음을 듣고 비슷한 단어를 유추해서 변환해 주는 음성 변환기가 있었으면 좋겠다고.

갓난아이의 울음소리에도 다양한 의사 표현이 있다고 한다. '배고파요, 기저귀 갈아 주세요, 아파요.' 울음소리는 다 같은 줄 알았는데 전문가들은 울음소리에도 뜻이 다양하다고 말한다.

아이들이 눈빛으로 의사 표현을 할 때 이를 이해하기가 어렵다. 우리 가요에 '눈빛만 봐도 난 알 수가 있어'라는 가사가 있다. 나도 웬만큼 눈빛을 보면 사람 마음을 읽어낼 수 있다고 생각하는데 우리 학생들한테는 아닌 것 같다. 등교를 한 학생이 나를 보며 텔레파시를 보내고 있다. 골이 난 듯, 아니면 꼭 할 말이 있는 듯 불편한 기색이 역력하다. 일단은 아이에게 부정적인 상황이 있을 것이라는 판단을 했다. 그다음 이것저것을 유추해서 물어봤다.

"화장실 가고 싶어? 어디 아파? 밥 안 먹고 왔어? 배고파? 속상한 일 있어? 지금 우유 마실래?"

"……"

아이는 내가 얼른 알아채 주기를 바라고 있지만 나는 알아채지 못하고 있다. 나를 계속 바라보며 뭔가를 말하고 있다. 나는 당황하지 않은 척한다. 아이에게 '잠깐만 기다려봐' 하고 복도에 나가 학부모님께 전화했다.

"혹시 오늘 아침에 무슨 일 있었어요? 나에게 뭐라고 할 이야기가 있는 것 같은데요"

"아, 선생님. 제가 전화 드리려고 했는데 깜박했네요. 사실은 오늘 병원 정기 검진이 있어서 점심 먹고 조퇴 좀 하려고 해요. 아마 그 말을 하고 싶었을 거예요."

아하! 다행히 부정적인 상황은 아닌 것 같다. 다시 교실로 들어왔다. 아이의 눈빛은 여전히 나를 향한다.

"오늘, 병원 가는 날이야? 점심시간에 엄마 오셔? 엄마랑 같이 병원에 간다고?"

그제야 불편해 보였던 아이의 얼굴이 활짝 펴지며 웃는다.

언어표현이 잘 안 되는 학생들은 선생님이 자신을 이해하지 못하니 답답함이 클 것이다. 자신감이 떨어지기도 할 것 같다. 이런 일이 반복되면 아이는 말이 없어진다.

학급에 중증장애 학생이 들어오면 우선 아이에 대한 정보를 알 수 있도록 인적 네트워크를 구성한다. 많을수록 좋다. 학부모님과는 가정에 관한 이야기를 나누고 전 담임이나 실무원과는 학습과 학교생활 이야기를 나눈다. 보건 선생님과는 아이 건강 정보를 공유한다. 학급에서는 친구들 사정을 잘 알고 있는 미영이와 같은 아이를 얼른 찾아야 한다. 그리고는 여기저기 정보를 수집해서 기록해 놔야 한다. 이렇게 준비가 되면 아이는 끊임없이 나에게 눈빛을 보낼 수 있다. 발음이 안 좋은 학생도 실망하지 않고 계속 말을 할 것이다. 생각보다 선생님이 잘 이해하니까. 스무고개 같지만, 아이들은 눈빛으로라도 자기 생각을 전달하고 표현하려고 애쓴다.

07

출근하는 아이들

제자 중에 회사에 다니고 있는 아이들이 몇 있다. 올해 6년째 한 회사에 꾸준히 출근하는 현수가 문득 생각난다. 현수는 처음부터 특수학교에 다니지는 않았다. 일반 고등학교 특수학급을 졸업한 후 전공과에 입학했다.

당시 나는 전환 교육 업무를 3년째 하고 있었다. 주로 학생들의 진로교육과 직업교육 활동을 계획하고 추진하는 일이다. 그러면서 전공과 담임을 맡게 되었다.

처음 대학에서 특수교육 공부를 시작할 때 장애 아이들의 직업교육에 관심이 많았다. 지역사회에서 발달장애 아이들이 할 수 있는 직업군을 개발하여 학교와 연결하는 일을 하고 싶었다. 그런 까닭인지 시간이 지나면서, 아이들의 졸업 후 삶이 어떻게 꾸려질지에 자연스럽게 관심을 가졌다.

아이들이 학교에 다니고 있는 동안은 어떻게든 학교가 아이들의 성장 과정을 돕는다. 체험 활동과 문화 예술 활동을 하면서 새로운 것을 경험하며 성장한다. 통합교육 활동을 통해 일반 아이들과 전화번호를 주고받으며 친구를 사귀기도 한다. 학교는 장애학생과 학부모에게 성장의 공간이자 안전한 공간이다. 특수학교 공간을 떠난 아이들이 이후의 삶을 어디서 어떻게 누구와 보내느냐가 내게는 중요한 관심사다.

현수는 전공과에서 만난 나의 제자다. 처음 교실에 왔을 때 눈을 오랫동안 마주치지 못했다. 이야기하면 본론은 단어만 말하고 결론은 씩 웃고 끝낸다. 여학생들과 말다툼을 하면 항상 진다. 그럴 때면 끼어들어 도와주고 싶다. 하지만 나는 꾹 참는다. 괜히 여학생들 심기를 건드렸다간 한동안 삐져서 말도 안 하고 학급 분위기를 싸하게 만들 것이 뻔하기 때문이다. 반면 남학생들과는 어깨동무하며 지내는 데 그룹에서 제법 힘이 있다. 학교생활도 모범적이다. 시간과 규칙도 잘 지키고 조립과 포장을 하는 작업에서도 완성도가 높다. 현수는 전공과 선생님 모두에게 칭찬을 받으며 생활을 했다.

직업능력개발원에서 취업박람회가 열렸다. 전공과 아이들은 취업박람회에 참석하면 당장 취업이라도 되는 줄 알고 들떠 있다. 박람회장에 갔다. 모든 학생이 이력서를 3부씩 작성해 왔다. 외부 전문가들로부터 면접 컨설팅을 받은 아이들은 옷차림과 머리 모양에 신경을 썼다. 말끔하다. 우리는 사전에 받은 자료에서 구직란 정보를 확인했기 때문에 내가 가고 싶은 회사 부스 앞에 각각 줄을 섰다. 현수는 나의 추천을 받아들여서 침구류를 포장하는 회사 부스 앞에 줄을 섰다. 이 회사는 브랜드명을 들으면 누구나 알 수 있는 회사다. 그리고 이전 학교의 졸업생이 다니던 곳으로 근무 환경도 꽤 괜찮고 나도 방문을 했었다.

첫 근무지에서 교지 발간을 담당했다. 회사에 다니고 있는 졸업생을 찾아가 인터뷰를 해서 졸업생의 근황을 알리는 '전환 교육현장을 찾아서'를 기획했다. 추수 지도 담당 선생님께 자료를 받아 졸업생이 일하고 있는 3곳의 회사를 찾아가기로 정했다. 회사 담당자분과 미리 시간 약속을 했다. 포장 상자를 만드는 회사, 장갑을 만드는 회사, 그리고 침구류를 포장하는 회사였다.

아이들이 회사에서 겪는 어려움과 일하는 보람에 대한 솔직한 이야기를 들었다. 담당 관리자와도 인터뷰했다. 아이들의 작업 태도와 회사 내 복지에 관한 이야기를 들었다. 이야기를 듣는 동안 기특함과 안쓰러움 등 복잡한 감정이 몰려왔다. 울컥했다. 모두 3년 이상 근무한 아이들이라 평이 좋다. 침구류를 포장하는 회사에서 인터뷰를 마치고 나오는데 뒤에서 누가 불렀다.

"선생님, 잠깐만요"

뒤돌아보니 그곳에서 일하는 예전 졸업생이 자판기에서 음료수 두 병을 꺼내 들고 뛰어온다.

"아니, 이걸 뭐 하러 갖고 와"

"아니, 선생님께서 이곳까지 방문해 주셨는데, 그리고 저 돈 많이 벌어요."

순간 콧잔등이 찡해왔다. 작업환경도 좋고 관리자분들도 좋아 보였지만 자꾸만 안쓰러운 마음이 들었다. 촬영을 위해 함께 나간 선생님도 한동안 말을 잇지 못했다. 학교에 있을 때 투정부리고 친구들과 장난치며 지낸 아이다. 뭉클했던 마음과 감동은 지금도 마음속에 남아있다.

현수는 면접을 잘 보고 합격을 했다. 인턴 과정을 무사히 잘 마치면 지원 고용 형태로 일을 하게 된다. 정해진 날짜에 서류를 챙겨서 현수와 함께 회사를 찾아갔다. 10년 전에 와 봤던 곳이다. 깨끗한 건물과 정돈된 사무실이 인상 깊었다. 사무실에서 안내 사항을 받고 담당자와 함께 현수가 일할 현장을 둘러보러 갔다. 긴장한 현수에게 괜찮다고 등을 토닥여 주고 공장에 들어섰다. 여기저기 일하는 사람들과 눈인사를 나누며 둘러보고 있었다.

그때 반가운 목소리가 들렸다.

"어, 선생님, 안녕하세요? 여기는 어쩐 일이세요?"

"어머, 아직 여기서 일하고 있었구나"

"네, 선생님 그런데 여긴 어쩐 일이세요?"

"응, 이 친구는 현수라고 우리 반 학생인데, 이곳에서 일하게 됐어."

"와! 잘됐네요."

"대식이가 지금까지 일하고 있을 줄을 생각도 못 했네, 현수 잘 부탁한다."

"걱정하지 마세요, 제가 잘 챙겨줄게요."

출근하는 데 필요한 내용을 전달받고 나니 마침 휴식시간이었다. 음료수를 꺼내서 대식이와 그간의 근황에 관해 이야기를 나눴다. 공장 마당에는 완성제품을 실으려고 큰 트럭이 대기하고 있었다. 그곳에서 근무한 지 15년이 되었고, 지금은 장애인들이 일하는 분야에서 중간 역할을 하고 있단다. 아파트도 샀고, 결혼하고 싶은데 못 했다며 학교 선생님들의 안부를 묻는다. 한 직장에서 15년을 근무하고 있는 데 대해 놀랐다. 전환 교육을 주제로 논문을 쓰면서 조사를 했는데 특수학교를 졸업한 학생들의 이직률이 매우 높게 나왔었다.

현수는 6년이 된 지금도 잘 다니고 있다. 방역 회사에 취직한 아이는 우리 학교에 방역을 나온다. 반갑고 기특하다. 다른 곳에 취업을 한 학생들은 몇 개월 또는 1, 2년이 지나 회사를 그만두었거나 다른 회사로 이직을 했다.

안심됐다. 다행히 대식이가 지금까지 다니는 걸 보니 대우가 괜찮은 것 같다. 성급한 안심은 금물인가? 아침에 출근해 교실에 들어서는데 현수에게서 전화가 왔다. 통근 버스가 서는 곳에서 차를 기다리는데 아직 안 왔다며 울먹이듯 이야기를 한다. 괜찮다며 안심시키고 회사 담당자에게 전화했다. 알아보니 통근 버스는 이미 그곳을 출발했다. 현수가 잠시 다른 곳에 주의를 기울이고 있을 때 통근 버스가 지나쳤다. 일단 회사를 가야 하니 방법을 고민하다 현수 아버지께 전화했다. 다행히 시간을 내서 회사까지 태워 주셨다. 가끔 퇴근해서 집에 갈 때도 문제가 발생했다. 일이 일찍 마치는 날 통근 버스를 타지 않고 집에 오다 길을 잃기도 했다. 현수는 우여곡절 끝에 무사히 인턴 과정을 마치고 정식으로 취업을 했다.

추수 지도를 나갔다. 한참 일을 하는 현수를 보는데 또 콧등이 찡

했다. 학생들을 일터에 보내려고 그렇게 애를 썼는데 막상 현장에서 일하고 있는 모습을 보니 마음이 짠하다. 스스로 할 수 있다고 항상 응원하고 격려한다. 한편으론 아직도 도움이 필요한 아이들이란 생각을 한다. 현수 경우처럼 막상 뜻밖의 일이 발생하면 잘 해결해 나갈지 항상 걱정된다. 옆자리에 계신 선생님께서 그만 걱정 내려놓으라고 이야기한다. 아이들을 믿으라고. 나는 마음이 놓이지 않지만, 오늘도 씩씩하게 성실히 회사로 출근하는 나의 제자들에게 응원을 보낸다.

얘들아, 항상 건강하고 행복 하자!

08

장애 학생들의 학급문집

‘우리들의 말과 눈빛 그리고 몸짓은 어느새’ 부제의 『시가 되고 꿈이 되어』가 출판되었다.

무료출판을 해 준다는 한 대형 출판사의 메일에 눈길이 멈췄다. 우리 아이들과 한번 해 볼까? 생각하니 가슴이 설렌다. 아이들에게 "글쓰기 한번 해 볼까? 책으로도 낼 수 있고!" 하고 물었다. "선생님, 좋아요. 할 수 있어요." 글쓰기 과정이 얼마나 힘들지를 아직 경험하지 못한 아이들이 신나서 당장 하자고 난리다. 마치 벌써 책이 출판이라도 된 것처럼 좋아한다.

응모해 놓고 선정될지 안 될지도 모르면서 아이들과 책 쓰기 구상을 했다. 다행히 선정되었다는 메일을 받았다. 아이들은 6월부터 글을 쓰기 시작했다. 학기말 시험을 마치고 나서는 신나게 글쓰기만 했다. 10월 말에 편집이 마무리되어 12월에 320쪽 분량의 대서사시를 만나게 됐다.

고등부 전체 학생이 34명이다. 34명 아이의 글쓰기 솜씨는 모두 달랐다. 글쓰기로 상을 받는 아이. 모든 글을 두 문장으로 끝내는 아이. 조사 사용이 안 되는 아이. 열 단어를 쓰면 다섯 단어는 맞춤법이 틀리는 아이. 말은 잘하는데 글을 모르는 아이. 글은 아는데 손이 불편해서 글을 쓸 수 없는 아이. 말 표현이 안 되는 아이. 몸짓 언어로 생각을 표현하는 아이.

모두가 다 함께 참여하자고 아이들과 약속을 했다. 문집 출판의 의의가 여기에 있다.

한 아이가 3문장으로 글을 끝낸다. "조금 더 써 보자"라고 했더니 "더는 쓸 말이 없어요. 할 말 다 했어요"라며 연필을 놓는다. 그대로 글이 되었다.

아이들은 궁금해했다. 불수의 운동이 심해 글을 쓸 수 없는 아이는 어떻게 쓰지? 몸짓 언어로 생각을 표현하는 아이는 어떻게?
"선생님, 용진이는 글을 어떻게 써요?
"글쎄, 글은 자기 생각을 표현하는 것이니, 용진이는 생각을 표현하나? 안 하나?"
"표현하잖아요."
"그럼 글을 쓸 수 있겠네"
"근데 글을 쓸 수 없잖아요?"

"그래? 그럼 용진이가 말로 표현하면 우리가 받아 적으면 어떨까?"

"아, 그럼 되겠어요."

글을 알고 있지만, 손이 불편해서 글을 쓸 수 없는 아이들이 글쓰기에 참여했다. 아이들이 하고 싶은 말을 불러주면 먼저 글쓰기를 마친 아이나, 실무원, 아니면 내가 받아 적었다. 글자를 모르는 아이는 이렇게 글쓰기에 참여했다. 시인이 꿈인 한 아이는 어찌나 많은 내용을 불러주는지 엄지손가락이 장애인 나는 받아쓰기가 힘들 정도였다. 말하기 대회에 나온 것인 양 물 만난 아이처럼 이야기가 끝이 없다. 가끔 주제를 벗어나 옆길로 새기도 했다. 대개는 글을 쓰면 맨 위 문장이나 중간 문장을 눈으로 오가며 볼 수 있다. 그런데 말로 불러주면서 쓰다 보니 저 위에 써 놓은 글을 읽을 수가 없어서 문맥을 이탈하는 경우가 간혹 생겼다.

"얘들아, 수지는 어떻게 쓰지?"

"음, 우리가 물어볼 때 맞다는 뜻으로 손을 들면 그 말을 쓰고, 아니라고 하면 안 쓰면 어떨까?"

"야, 그럼 누가 물어볼 건데? 네 발음은 알아듣기 힘드니까 내가 할까?"

"그래, 네가 해라"

"오, 얘들아, 아주 좋은 생각이야."

몸짓 언어로 의사 표현을 하는 아이들 글쓰기는 기상천외한 방법이 다 동원됐다. 우리가 알 수 없을 때는 부모님께도 물어봤다. 가까이에 있는 친구들과 실무원, 동화책, 그림, 스무고개 등을 통해서 문장을 하나하나 만들어 갔다. 혹자는 이게 진정한 그 아이의 글이냐고 묻기도 했다. 그렇게 물어오면 합작품이 맞겠다. 그렇지만 키워드는 모두 아이들 생각이다. 스무고개를 해서 알아낸 그 아이의 생각에 살을 붙여 문장을 만들었다. 짧은 문장이 두 개도 나오고 세 개도 나왔다. 이렇게 글이 되었다. 이 과정을 거치면서 부제와 제목이 떠올랐다.

'우리들의 말과 눈빛 그리고 몸짓은 어느새 시가 되고 꿈이 되었다.'

가장 감동적이었던 순간은, 돌아가신 엄마 이야기를 한 번도 하지 않았던 아이가 나에게 물어왔을 때다.
"선생님, 엄마 이야기 써도 돼요?"
"그럼"
"엄마, 사진 넣어도 돼요?"
"그럼"
담임할 때도 한 번도 꺼내지 않았던 엄마 이야기를 썼다. 아이가 써도 되냐고 물어왔을 때 온몸에 소름이 돋았다. 나는 가만히 아이의 등을 어루만져 주었다. 글쓰기가 아이의 마음을 열게 했다.
'돌아가신 엄마가 보고 싶다' 아이는 이렇게 썼다.

수업 시간에 글쓰기를 하니 모두 종이에 쓴다. 이 내용을 워드로 작성을 해야 했다. 혼자서 하기에는 역부족이었다. 워드 작성을 도와줄 학생들을 모집했다. 다행히 내용의 절반 정도는 아이들이 워드 작성을 해 왔다. 글을 쓰면서 자신의 재능을 발견한 아이도 생겼다. 대학 진학 시 미술 교육을 하려 했다가 국어 교육으로 방향 전환을 한 아이도 생겼다. 워드 작성을 도왔던 아이들이 글쓰기 후기에 이렇게 표현을 했다.

-항상 글을 쓴다는 것은 어렵고 조심스러웠는데, 이런 글을 쓰는 색다른 경험으로 나 자신을 되돌아보고 나를 알아가는 귀한 시간이 되었습니다. 손이 불편해 글을 못 쓰는 친구들을 도와서 함께 글을 쓰면서 친구들의 마음속 이야기도 알게 되었습니다. 나는 나의 장애를 나타내는 글을 안 쓰려고 우회적으로 표현하면서 글을 썼는데 솔직하게 표현한 친구들을 보면서 조금 놀라운 마음이었습니다.

-처음 선생님께서 글을 쓰자고 하실 때는 막막했는데, 쓰고 나니 내가 이렇게 글솜씨가 좋았었나? 라는 생각이 든다. 시간이 흐른 후 어른이 되어 다시 이 문집을 볼 생각을 하니 기대가 되고 벌써 설렌다.

-내 생애 이렇게 글을 많이 써 본 적은 처음이다.

-글을 쓸 때가 제일 행복했다.

글을 쓰는 아이들 얼굴을 바라보며 행복했다. 미간을 찡그리고 손에 힘을 주어 글을 쓰고, 한 문장을 끝낼 때마다 환하게 미소를 짓는다. 아이들은 그 어느 수업 시간보다도 글쓰기에 적극적으로 참여하며 즐거워했다. 무엇을 쓸까? 어떻게 쓸까? 단어 하나 써 놓고 고민하는 모습도 마냥 예뻐 보였다.

처음에 문집을 내 보자고 생각했을 때는, 아이들 마음 열기와 생각 표현하기 그리고 글쓰기에 관심을 두게 해 주자는 데 목적이 있었다. 글쓰기 지도를 하면서 아이들의 진솔한 표현에 놀랐다. 삶에 대한 깊은 통찰에 마음이 숙연해진다. 자신의 장애에 관한 생각을 표현한 글을 대할 때는 먹먹해지는 가슴에 쓰린 통증이 일어 몸살을 했다. 34명의 아이가 각 8편의 글을 썼다.

아이들 글에 제일 많이 등장하는 단어는 '엄마'였다. 아이들은 부모님의 희생과 사랑에 감사하고 사랑한다고 표현했다. 친구들과 우정을 쌓아가는 이야기도 있고 자신의 꿈을 찾아가는 이야기도 있다. 지체장애, 뇌병변 장애를 갖고 살아가자면 많은 어려움이 있다. 누군가의 도움을 받아서 밥을 먹고, 옷을 입고, 이동한다. 그런데도 아이들은 오늘도 그 누구보다 열심히 꿈을, 사랑을, 미래를 쓰고 있다.

4장

따뜻한

사람들

01

미소에 담아 주셨던 희망

이런 질문을 해 보고 싶다.

"여러분은 누군가가 나에게 보내온 따뜻한 미소를 받아 본 적이 있는가?

이 질문을 나에게 던져 본다.

"너는 살아오면서 누군가로부터 따뜻한 미소를 받아 본 적이 있어? 그 미소로 희망을 발견한 적이 있어?"

그리고 이렇게 대답을 한다.

"그럼, 오래전부터 있었지, 정확히 누구였는지 생각나지 않지만, 내게 따뜻한 미소를 보내준 사람들이 있었지! 지금도 가까이에 있지. 삶을 소중하게 가꾸는 이유이기도 하지. 미소를 보내주는 사람들과의 관계에서 미래를 꿈꿔!"

내가 힘들 때 위로해 주고 걱정해 주는 사람들이 있다.

"고생이 많다, 수고했다", "엄마, 피곤하겠네"

갑자기 급한 일이 생겨 야근하고 집에 들어가니 안쓰러운 눈으로 남편과 딸이 나를 맞이해 준다. 일하다 힘들어 책상 위에 잠시 엎드렸더니 마음 따뜻한 동료가 나를 염려해준다.

"선생님, 괜찮으세요?"

몸살 기운이 있던 날, 버스 정류장에 몸을 움츠리고 앉아 버스를 기다리고 있었다. 처음 보는 사람이 말을 건넨다.

"괜찮으세요?"

"네, 괜찮아요. 몸살 기운이 조금 있어서요. 감사합니다."

생각해보면 세상의 온갖 불편한 진실로 도배를 하는 뉴스와 달리, 세상에는 따뜻한 마음을 가진 사람이 많다. 처음 보는 사람이 괜찮냐고 물어오는 그 한 마디에 마음이 따뜻해졌다.

오랜만에 화장하니 딸아이는 활짝 웃으며 "엄마 정말 예쁘다"라며 엄지를 치켜세운다. 몇 년 전 연구대회와 행사 시기가 맞물려 불가피하게 야근을 많이 했다. 이러다 집에서 쫓겨나겠다! 라는 생각이 들 때쯤 일이 마무리됐다. 그 해 여러 개의 상을 받았다. 가족들은 진심으로 축하를 해줬다. "정말 멋있어, 훌륭해!" 여기저기 자랑을 하고 다니는 것을 알았다. 학교에서 힘을 다 쏟고 집에 오면 거실에 쓰러져 있다가 오래된 반찬을 꺼내 밥을 차려 준 적도 많았다. 시장에서 국을 한 통 사 오기도 하고. 한두 주도 아닌 오랫동안 그런 나를 가족들은 이해하고 걱정해 주고 진심으로 기뻐해 준다. 학업과 진로에 대해 걱정이 많은 딸아이에게 열심히 사는 엄마 모습을 보여주는 게 최선이라며 자기합리화를 하기도 했다. 기다려 준 가족에게 이제 내가 행복한 일상을 선물할 때다. 식구들이 좋아하는 잡채와 갈비를 만들고 딸아이와 영화도 보며 오랜만에 산책도 했다.

지난번 학급문고가 출판되었을 때 학생과 학부모님께 열렬한 감사 인사를 받았다. 인사를 받으며 행복했다. 행복한 마음으로 인사하는 그들의 마음이 보였기 때문이다. 글 속에서 학생들 마음을 보고 문장력이 늘어가는 모습을 바라보는 재미가 쏠쏠했다. 글을 쓴 학생과 자녀 글을 읽는 학부모는 나보다 더 기쁨이 커 보였다. 동료 선생님도 나에게 '엄지 척'을 해 준다. 이럴 때면 정말이지 살맛 난다. 더 열심히 하고 싶다. 칭찬은 고래도 춤추게 한다지 않는가!
나를 알아주고 존중하며 따뜻한 미소를 보내주는 가족과 이웃들. 그들의 미소는 내가 또 다른 희망을 꿈꿀 수 있게 해 준다.

20년 차 특수교사로 아이들과 지내오면서 다양한 사람을 만났다. 아이들 가족, 특수교육과 직접 관련된 관계자들, 현장학습을 나갈 때 만나는 지역민들. 다양한 사람들만큼 우리 아이들을 바라보는 시선도 다양하다. 아이들은 그들의 시선을 그냥 받아들인다.

현장학습을 나가면 아이들 앞에서 민망할 정도로 머리끝에서 발끝까지 훑어보는 사람이 있다. 못 본 척 신경 쓰지 않고 그냥 지나쳐 올 때도 있다. 가끔은 나도 한 번 훑어봐 준다. 속으로 유치하다 싶지만 훑어보는 시선을 그냥 받아들이고 있는 아이들 앞에 내가 있음을 알린다. 지나오는데 뒤통수가 찜찜해 돌아보면 아직 그렇게 보고 있다.
"왜 자꾸 보죠! 실례 아닌가요?"

'아이들이 현장학습 나왔구나'라고 지극히 보통 사람들을 대하는 시선으로 바라보는 사람들도 있다. 이런 사람들이 많았으면 좋겠다.

관심을 두고 따뜻한 눈으로 바라보는 사람들도 많다. 사이좋은 사촌을 만난 느낌이다.

내가 원해서 장애를 갖고 태어난 게 아닌 아이들에게 관계자뿐만 아니라 이웃의 따뜻한 시선이 필요하다. 가끔 특수교육은 외로이 떠 있는 섬과 같다는 생각을 한다. 보통 사람들처럼 대하고 따뜻한 시선으로 바라보는 이웃을 만나면 동행자를 만난 것 같아 기쁘다.

오래전 아이들과 서문시장으로 현장학습을 다녀왔다. 그때 만났던 할머니의 미소가 떠오른다. 아직도 그 할머니의 미소를 표현할 적절한 단어를 찾지 못했다. 그을린 까만 피부에 깊게 팬 주름살, 그 위로 깊이를 가늠할 수 없는 눈빛과 선한 듯 엷은 미소를 무엇과 같다고 표현할 수가 없다. 그래서 지금도 그 미소 그대로 뭐라 형용하지 못한 채 내 마음에 담고 있다.

5월 어버이날을 한 주 앞두고 서문시장으로 현장학습을 하러 갔다. 걸어서 갔다. 아이들은 시장 구경할 생각에 들떠 있다. '서문시장은 없는 거 빼고 다 있다더라'라는 싱거운 소리를 하며 걷다 보니 어느새 도착했다. 시장 구경을 하면서 2천 원으로 양말을 살 계획이다. 다가오는 어버이날 부모님께 양말 선물을 하기로 했다. 시장은 오전 시간이라 크게 붐비지는 않았지만, 워낙 큰 시장이다 보니 혼잡했다. 아이들과 이리저리 복잡한 곳을 피해 다니며 시장 구경을 했다.

양말을 사러 갔다. 아이들은 손수레에 가득 펼쳐있는 양말을 이리 저리 뒤적이며 마음에 드는 것을 고르고 있다. 나는 부모님이 신을 양말이니 단색 양말을 골랐으면 하는데, 아이들은 만화 캐릭터가 그려진 알록달록한 양말을 예쁘다며 고른다. 아마도 '부모님께서 선물로 받은 다음 아이들에게 다시 돌려주지 않을까'라는 생각을 하니 웃음이 났다.

양말 파는 손수레 옆에는 할머니 한 분이 쑥떡을 팔고 있다. 할머니는 우리가 양말 사는 모습을 한참을 보고 계셨다. 그리고는 선하고 엷은 미소를 지으시며 비닐봉지에 요구르트 10개를 담아 내 손에 쥐여 주셨다. 괜찮다며 사양했지만 일어서려는 할머니를 만류하기 위해 결국 받았다.

"얘들 선생님이요? 좋은 일 하시네, 얘들아, 뭐든지 열심히 배워라!"

요구르트를 건네주시며 말씀하신다. 나와 애들은 "네, 잘 먹겠습니다" 인사를 하고 학교를 향해 걸었다. 할머니의 그 따뜻한 미소와 열심히 배우라는 말씀이 두고두고 생각이 났다. 많은 사람이 아이들에게 좋은 말을 해 주고 격려도 했을 텐데 유독 그 할머니의 말씀과 미소가 기억에 남아있다.

말하지 않아도 설명하지 않아도 느껴지는 그 무엇이 있었다. 대부분 할머니는 우리 아이들을 만나면 안타까운 마음을 온 얼굴로 표현하고 불쌍하다며 혀를 찬다.

그윽이 바라봐 주셨던 서문시장 할머니의 미소, 그 미소가 떠오르면 나도 모르게 마음이 재장전된다.

02

이것도 가져가세요

운전면허증이 없는 나는 대중교통을 이용한다. 대중교통을 이용하니 몇 가지 좋은 점이 있다. 우선 버스 정류장까지 걸어나가야 하니 매일 20분 정도는 어쩔 수 없이라도 걷기 운동을 한다. 차가 없어 보험료를 안 내니 일 년에 얼마간이라도 내 용돈이 는다. 대중교통 이용의 제일 매력은 다양한 사람들을 만난다는 것이다. 물론 대부분은 처음 보는 사람들이며 직접적인 대화는 없다. 늘 이용하다 보니 같은 시간대에 같은 버스를 이용하는 사람들이 있다. 며칠씩 보이지 않으면 궁금하기까지 하다.

학교로 바로 가는 버스를 놓칠 때가 있다. 다음 버스는 15분 후 도착한다. 이럴 때는 시내를 지나 명덕역으로 가는 버스를 타서 중간에 내려 갈아탄다.

대구는 도로에 초록 나무가 많다. 처음 대구에 왔을 때 길을 따라서 있는 나무들이 인상 깊었다. 풍경 보는 것을 좋아하는 나는 버스로 출퇴근하는 시간이 나쁘지 않다. 계절별로 바뀌는 가로수 모습과 정류장 사람들, 그리고 새로 바뀐 간판을 보는 것도 재밌다. 내 시선은 대개 정류장에서 버스를 기다리고 있는 사람들에게서 멈춘다. 버스를 기다리는 사람들 모습은 다양하다. 하염없이 버스 오는 방향만 바라보는 사람, 등굣길 정류장에서 만난 친구와 호호호 깔깔대는 여학생, 휴대전화 속으로 곧 들어갈 것만 같은 남녀노소.

갑자기 추워졌다. 지난해 산 두툼한 패딩을 입었는데도 춥다는 느낌이 든다. 이날도 습관적으로 창밖 풍경을 바라보고 있었다. 70 중반은 됨직한 할머니 한 분이 수레 1개와 보따리 2개를 들고 버스에 오르려고 한다. 순간, 저 물건을 어떻게 들고 타실까? 뒷자리에 앉아 있던 내가 잠시 생각에 잠긴 사이 내 시선을 끄는 사람이 있다. 서른 살 정도 되었을 듯한 한 청년이 할머니께 먼저 올라가라고 하고서는 수레와 짐 보따리를 거뜬하게 들고 올라온다. '그래 아직은 세상에 따뜻한 사람들이 더 많아' 속으로 혼잣말을 하며 흐뭇한 미소를 지었다. 청년은 짐을 들어 올려 주고선 바로 내려서 다른 버스를 기다린다. 할머니께서는 주변을 향해 '고마운 사람이네, 참말로 고마운 사람이네'라며 연신 고개를 이리저리 돌려 버스 안에 있는 사람들에게 말씀하신다. 버스 안에 있던 사람들이 서로 얼굴을 보고 고개를 끄덕인다. 그 청년의 미덕에 감동한 눈치다. 반대편에 앉아 있던 아주머니와 내가 눈이 마주쳤다.

"참 훌륭한 청년이네요"

"네, 그러게요"

나는 아직 정류장에 서 있는 청년을 바라보았다. 청년은 아무 일 없었다는 듯 서 있더니 버스가 오는지 뒤로 뛰어간다.

학교 근처 단골 미용실이 있다. 지금은 이사해서 집 가까이 있는 미용실에 다니지만, 대학 때부터 오랫동안 그 미용실에 다녔다. 원장이 책을 좋아하는 분이어서 이야기가 잘 통했다. 처음 미용실 문을 열고 들어갔을 때 난로 위 앙증맞은 물 주전자가 눈에 띄었다. 따뜻한 김이 피식피식 새 나오는 주전자를 바라보고 있으면 마음이 어느새 편안해진다. 인심 좋고 후덕한 주인이 사는 어느 시골집에 와 있는 기분이다. 미용실은 그리 크지 않다. 머리하는 손님이 앉는 의자가 3개가 있고 그 뒤로 긴 소파가 1개 있다. 그리고 책장과 컴퓨터, 주인이 앉는 의자가 하나 있다. 주인이 바로 원장이다. 동네 미용실이어선지 일하는 사람을 따로 두지 않고 혼자서 차분하게 손님들 머리를 책임진다. 가만히 보면 고객들은 주로 오랜 단골들이다. 나도 2, 3개월에 한 번씩은 다닌다. 나랑 머리하는 시간이 비슷한 사람들을 가끔 만나기도 한다. 몇 년 다니다 보니 서로 안부 인사를 나누기도 한다.
　이 미용실은 한 번 오면 단골이 되는 묘한 매력이 있다. 편안하게 맞이해 주는 주인의 따뜻한 미소 때문인지? 아니면 자연스럽게 빠져들게 만드는 이야기 솜씨인지? 둘 다 이유일 수 있지만, 무엇보다 머리를 만지는 솜씨 때문이리라 생각한다. 13년 전인가 서울에서 초등학교 친구들 동창 모임이 있었다. 그때도 이곳에서 머리를 하고 갔는데 머리 모양이 예쁘다는 기분 좋은 말을 들었다. 10년 단골이었던 나는 머리를 하며 학교 이야기와 아이들 이야기 그리고 살아가는 이야기를 나누기도 했다. 학교 근처라 선생님과 학부모도 자주 이용하는데 원장은 장애 아이들의 특성에 대해서도 대략 이해하고 있었다.

학급 남학생 한 명이 머리카락이 눈을 덮었는데도 미용실을 안 간다. 가위 소리가 싫은지 머리카락이 얼굴에 묻는 게 싫은지 알 수 없지만, 부모님도 설득할 수 없다고 한다. 머리가 눈을 덮어 보행과 활동에 방해가 되니 머리를 빨리 잘라야 한다고 학부모와 통화를 했다. 학생 어머니는 설득이 어렵다며 힘들어했다. 학부모 동의를 얻어 내가 미용실에 데리고 가기로 했다. 사정을 이야기하고 머리를 자를 수 있겠냐고 물었다. 혹시나 머리를 자르는 중에 돌발행동이 생길 수도 있음을 알렸다. 원장은 잠시 고민하더니 "일단 해 보죠. 뭐" 하더니 아이의 기분을 살펴 가며 머리를 만지기 시작했다. 나는 머리를 다 자를 때까지 긴장을 놓지 않았다. 학부모의 염려가 무색할 만큼 아이는 시원한 모습으로 머리가 변신할 때까지 얌전했다. 원장이 이런저런 칭찬을 하며 아이를 편안하게 해 줬다. 그 후로 미용실 가는 게 힘들다고 고민하는 학부모님께 이 미용실을 소개했다. 우리 아이들을 잘 알고 안전하게 머리를 잘 자른다고.

지나가다 보면 우리 학생들이 머리를 자르고 있는 모습을 볼 수 있다. 학부모님은 뒤 소파에 앉아서 잡지를 보거나 차를 마시고 있다.

햇볕 따뜻한 날! 머리를 하러 갔다. 오랜만에 차도 한잔하면서 원장과 또 아이들 이야기를 하게 되었다. 원장은 학교 근처에 미용실을 차리고 나서 장애 학생들을 처음 만났을 때 살짝 긴장했다고 한다. 특히 체격이 큰 발달장애 학생들이 방방 뛰면서 지나가면 자신도 모르게 몸이 움츠러들었다고 한다. 10년 전 이 동네에 처음 이사 왔을 때와 달리 주변 사람들도 장애 학생들을 대하는 분위기가 많이 좋아 졌다고 전해준다.

이전 학교는 매주 수요일마다 현장학습을 나간다. 처음 현장학습을 다닐 때 지역 사람들이 우리를 대하는 태도는 두 가지였다. 지나칠 정도로 따뜻하거나 지나칠 정도로 배타적이었다. 현장학습을 마치고 교무실에서 이야기를 나누다 보면 씩씩거리며 흥분하는 선생님이 꼭 한 명씩은 있었다. 불평등 대우를 받은 경우가 많았다. 그런데 몇년 현장학습을 다니다 보니 지역사회에서도 우리 아이들을 조금씩 이해하는 것 같다. 영화관 직원으로부터 항의를 받으며 영화관람을 하기도 했는데 지금은 오히려 일반인들에게 이해를 당부하고 있는 모습을 보기도 한다. 장애 학생들이 지역사회에 자주 나가야 지역민도 아이들을 만날 수 있고 이해하는 시간이 주어진다.

현장학습을 오고 갈 때면 이 미용실 앞을 지나가게 된다. 지나가는 아이들을 발견한 원장은 나와서 우리를 반겨준다. 자주 얼굴을 대하다 보니 아이들도 자연스럽게 인사를 한다.

"애들아, 오늘은 어데 갔다 와?" 하고 물으면 아이들은 다녀온 곳을 대답한다. 한 번은 학교로 들어가고 있는데 옥수수를 들고 있다가 우리를 만났다. 나는 이미 상황이 어떻게 전개될지 상상이 되어 웃음이 났다. 옥수수를 좋아하는 아이가 발걸음을 멈췄다. 원장도 벌써 옥수수 한 개를 아이에게 건네고 있다. 나는 '잘 먹겠습니다. 인사하고 가자'라며 아이들을 학교로 이끌었다. 그런데 아이들이 꼼짝을 안 한다. 이게 무슨 일이지? 미용실로 들어간 원장이 옥수수 몇 개를 담아 나에게 내민다.

"선생님, 이것도 가져가세요."

예전에 이런 상황이 되면 단호하게 거절했다. 지나친 친절은 아이들 교육에 알맞지 않다고 생각했기 때문이다.

"잘 먹겠습니다"

나는 옥수수를 받아서 왔다. 아이들에 대한 원장의 순수한 마음을 알기 때문이다.

학교 근처 시장 상인들도 우리 아이들을 반갑게 맞아준다. 애들이 지나다니다 주의하지 못해 좌판에 있는 물건을 건드릴 때도 있다. 얼른 죄송하다고 물건을 올려 주면 '괜찮다'라고 말한다. 모두가 미용실 원장만큼 우리 아이들을 이해해주고 예뻐한다. 친근하고 따뜻한 이웃이다.

03

한마음으로 기다려준 덕분에

지난해 학교에서 감사 쪽지 쓰기를 진행했다. 감사 쪽지 쓰기는 학생들은 물론 교직원, 학부모 모두가 자유롭게 참여한다. 하루 동안 만난 사람들 관계에서 감사한 일이 있으면 'ㅇㅇ 해서 감사합니다.'라고 쓴다. 1층 시청각실 유리창에는 오색의 감사 쪽지가 붙어있다. 오다가다 잠깐 서서 감사 쪽지를 읽다 보면 마음이 흐뭇하다. 학교를 방문한 외부 사람들도 감사 쪽지를 한참 읽는다.

8월에 학교에서 검정고시가 있었다. 검정고시는 연령층이 다양한 게 특징이다. 시험에 응시한 나이 지긋한 할아버지께서 3장의 쪽지를 붙여 놓고 가셨다. 아이들이 써 놓은 감사 쪽지를 읽고 감동하신 것 같다.

'나는 이름 없는 할아버지다. 여러분들이 대견하다. 신체장애보다 마음에 장애가 있는 사람이 더 큰 장애인이다. 힘내서 잘 살길 바란다.'

할아버지 마음이 느껴졌다.

특수교사로 아이들과 함께한 지난날을 돌이켜 보니 감사한 일이 많다. 감사함을 얼마나 표현하며 살아왔는지 모르겠다. 아이들이 건강하게 학교를 졸업하는 것도 감사하고, 아이들이 조금씩 자라면서 발전하는 모습을 보는 것도 감사하고, 아이들과 함께 웃는 날들이 감사하고, 감사한 일들이 참으로 많은 것 같다.

마트에 들어간 아이들이 "안녕하세요." 하며 아주머니께 다가간다. 분명 처음 보는 분인데 아이들 손을 반갑게 잡아 이끌며 손등을 토닥여 준다. "그래, 어서 오너라." 물건을 사고 계산을 했다. 한 아이가 봉지에 담긴 물건을 잡고 "내가 들게요" 하며 얼른 가져간다. 그런 아이를 보고 씩 웃고 있는데, 아주머니께서 내 손을 잡고 연신 손등을 토닥인다. 멋쩍은 나는 '아유 감사합니다.' 하고 인사를 하며 손을 빼려고 했다. 아주머니는 손을 놔주지 않고 다시 당기며 연신 내 손등을 두드린다. 그러고는 "좋은 일 하네요."라며 나를 본다. 혹시 아이들을 아는지 여쭤봤다. 아니라고 한다. 그냥 아이들을 보고 나를 보니 고마운 생각이 든단다. 왜 그런 생각이 드는지 물어보고 싶었다. 사실 물어보지 않아도 그 마음을 알 것 같다.

발달장애 학교에서 근무할 때 이야기다. 매주 수요일마다 가는 현장학습은 가까운 거리는 도보로, 먼 거리는 버스나 지하철을 주로 이용한다. 이날은 지하철을 이용해서 이동하기로 했다. 현장학습에 미션 하나가 더 붙었다. '지하철 타는 것을 싫어하는 성민이와 함께 지하철 타고 이동하기'이다. 성민이는 지하철 타는 것을 싫어한다. 성민이 부모님 요청으로 지하철 타기를 시도해 보기로 했다. 그간 지켜본 학생 특성을 볼 때 지하철 타는 것을 싫어한다기보다는 낯선 환경에 대한 두려움이 아닐까? 하고 생각했다. 이전에 가족과 함께 지하철을 타러 갔다가 결국 택시로 이동을 했다고 한다.

현장학습을 나가기 전 '지하철 타고 현장학습 장소까지 가는 길'에 대한 사전 수업을 했다. 이전 해 학급 아이들과 지하철을 타고 이동할 때 찍은 사진을 보여주었다. 지하철 안에서 아이들과 선생님이 나란히 앉아서 손을 브이 하는 사진이다. 장난스러운 표정을 한 아이 사진을 보며 모두 웃었다. 사진을 보며 자연스럽게 지하철 내부를 들여다봤다. '열리는 문이 양쪽에 있네! 의자가 많네! 손잡이도 있네! 의자가 많아서 친구들이랑 다 함께 앉아서 갈 수 있겠네!' 아이들과 지하철 타 본 경험을 이야기 나누며 일상생활 들여다보듯 자연스럽게 안내를 했다. 성민이는 별다른 동요 없이 지하철 사진을 보고 있었다.

현장학습일, 4개 반 현장학습 장소가 같다. 다 함께 지하철을 타러 갔다. 특별히 옆 반 담임선생님과 우리 반 성민이에 대한 정보를 공유했다. 긴장을 놓지 않고 지하철 타는 곳까지 내려왔다. 친구들이 많고 선생님과 함께 이동해서인지 특별한 반응은 없었다. 지하철이 도착했다. 우리는 혹시 모를 안전사고를 대비해 맨 첫 번째 칸에 타기로 했다. 옆 반 선생님께서 기관사에게 장애 아이들 30여 명이 탄다고 이야기를 했다. 혹 타는 데 시간이 걸릴 수도 있다. 아이는 아무렇지 않게 지하철에 올랐다. 속으로 다행이라 생각하며 그래도 긴장은 풀지 않았다.

내릴 때 우려한 일이 발생했다. 현장학습 다닐 때는, 앞과 뒤에 선생님이 한 명씩 선다. 선두를 이끌고 뒤는 낙오자가 없도록 안전에 유의하기 위해서다. 우리가 내릴 역에 도착했다. 한 선생님이 먼저 내려서 아이들을 안전한 위치로 재빠르게 안내한다. 남선생님이 마지막에 내리며 지하철 안에 혹시 남아있는 아이들이 있는지 확인 후 내리기로 역할 분담을 했다. 아이들이 하나둘 내리고, 나도 중간쯤 무리에 끼여 내리기 위해 성민이 손을 잡고 일어섰다. 문 입구까지 네다섯 걸음만 옮기면 된다. 성민이가 털썩 주저앉았다. 무엇에 놀랐거나 두려움을 느꼈는지 생각이 떠오르지 않았다. 순간 당황했지만 자연스럽게 아이에게 다가갔다.

"성민아, 우리도 얼른 내리자"

나는 성민이가 동요되지 않도록 행동을 자연스럽게 하려고 노력했다. 아이를 일으켜 세우려고 했는데 뭔가 겁먹은 표정으로 이미 바닥에 붙어 버렸다. 지하철에서 내린 선생님께 이 상황을 알리고 기관사에게 황급히 전달한다. 기관실 가까운 칸에 타길 잘 했다는 생각이 들었다.

이제 지하철 안에는 나와 성민이, 그리고 동료 선생님 한 명이 남았다. 기관사는 출발을 기다리고 있다. 둘이서 온 힘을 다해 아이를 일으켜 보려고 하는데 꿈쩍도 안 한다. 어떻게 그렇게 바닥에 딱 붙을 수가 있는지. 아이가 내릴 때까지 2분이 채 안 되는 시간이 흘렀는데, 정말 길고 긴 시간으로 다가왔다. 밖에서는 먼저 내린 우리 반 아이들이 부담임, 실무원과 함께 소리를 지른다.

"성민아, 빨리 내려라"

지하철 안에 있는 사람들이 하나둘 입을 열기 시작했다.

"아이고, 어떡해! 얘야, 얼른 일어나서 내려라."

"와, 힘이 그렇게 세나?"

"지하철 출발해야지!"

이마에 식은땀이 났다. 어떻게든 내려야 한다는 생각만 했다.

"저기, 우리가 같이 안아서 내릴까요?"

안에 있던 승객에게 부탁하려던 찰나, 먼저 3명의 남자가 우리에게 다가왔다.

"감사합니다. 아이 놀라지 않도록 해야 해요."

작은 소리로 '하나, 둘, 셋' 하고 아이를 동시에 안아서 올렸다. 그리고는 잽싸게 지하철 밖으로 나왔다. 그 승객 중 한 명이 미소를 지으며 성민이 손을 잡고 등을 토닥인다. 낯선 사람이라 성민이가 놀랐을까 봐 안심을 시키는 행동이다. 아이를 배려하는 그 마음이 천사 같았다.

"현장학습 재미있게 해라"

그리고 다시 지하철 안으로 들어갔다. 얼른 뒤따라가서 감사하다는 인사를 했다. 지하철 안에도 인사를 했다.

"죄송합니다. 기다려주셔서 감사합니다."

성민이는 그렇게 놀란 것 같지 않았다. 밖으로 나오자 자연스럽게 친구 손을 잡는다. 갑작스럽게 왜 털썩 주저앉았는지는 알지 못했으나 지하철 타기는 절반 성공했다. 그 해는 이 한 번으로 지하철 타기를 마쳤다. 다음 학년에서 한 번 더 지하철을 탔다는 말을 들었다. 그 후 지하철 타기 시도는 어떻게 되었는지 듣지 못했다. 그러나 고등학생이 되어 만난 성민이는 당연하다는 듯 지하철을 이용하고 있었다.

그날은 모두가 고마웠다. 성민이를 같이 안아서 내려준 남자 승객도, 짜증 내지 않고 기다려 준 승객들도, 시간이 지체되고 있는 데도 안전하게 내리라고 기다려준 대구 지하철 2호선 기관사도. 만약 빨리 내리지 않는다고 화를 냈다면 성민이는 지하철을 영영 못 탈 만큼 두려움이 커졌을지도 모른다. 성민이가 지하철을 탈 수 있게 도움이 된 일 중 하나는 그날 안전하게 내릴 때까지 모두가 한마음으로 기다려 준 덕분이라고 분명하게 말할 수 있다.

04

나는 엄마잖아요

고소공포증이 있는 내가 집라인을 탔다. 3층 옥상에서 아래를 내려다봐도 다리에 힘이 풀리면서 어지럽다. 그런 내가 집라인을 타겠다고 몸에 장비를 장착하고 내 순서를 기다린다. 얼마나 떨리는지 가슴에 손을 얹으니 심장이 밖으로 튀어나올 것만 같다. 작년 1월 1일에는 딸아이와 함께 '눈 뜨고 케이블카 타기'에 도전을 해서 반쯤 성공한 기록이 있다. 딸아이의 적극적인 지지를 받고 시도를 했다. '출발' 소리와 함께 딸아이가 먼저 바다 위를 가로질러 반대편 섬으로 미끄러져 간다. 눈을 질끈 감고 나도 출발했다. 아무 소리도 들리지 않고 아무 생각도 나지 않는다. 집라인이 쭉 미끄러져 간다. 용기를 내 눈을 떴다. 바다가 보인다. 끝까지 눈을 감고 갔다가는 딸아이한테 부끄러울 것 같았다. 집라인을 타고 있다는 사실이 믿기지 않아 소리를 질렀다.

"엄마, 나, 집라인 탔어. 엄마, 나 잘했지?"

딸에게 자랑스러운 엄마가 되고 싶은 마음만큼이나 돌아가신 엄마에게도 자랑스러운 딸이 되고 싶다.

힘든 하루를 보낸 날은 퇴근길에 저절로 하늘을 올려다보게 된다. 지나가는 사람이 없을 때 가만히 엄마! 하고 불러본다. 꼭 어디선가 대답이 들려올 것 같다. 엄마 목소리가 듣고 싶다. 주말 집에 혼자 있게 될 때가 있다. 해가 넘어가고 어둠이 내려앉을 때쯤 문득 부모님에 대한 그리움이 밀려오면 가슴을 쥐어짠다. 엄마에 대한 그리움은 견디기 고통스러울 때가 있다. 숨이 멎을 것 같아 밖으로 나가 사람들 속으로 들어간다. 소음과 부딪히는 사람들 속에 나를 던져 놓아야 숨을 쉴 수가 있다.

그리운 엄마! 보고 싶은 엄마!
부모님은 기다려주지 않는다는 말을 느끼게 되었다. 마음이 아파 어쩔 줄을 모르겠다.

내 고향 고창에는 눈이 많이 내린다. 어느 해 눈이 유독 많이 내려 집안에만 있었다. 가까이 사시는 외할머니는 어떻게 눈을 헤쳤는지 우리 집에 오셨다. 초등학생인 나는 방 안에서 외할머니와 땅콩을 고르고 있었다. 이런저런 이야기를 들려주시던 외할머니께서 '나도 엄마 보고 싶다'라고 말씀을 하신다. 충격이었다. 당연히 할머니도 엄마가 있었을 텐데 나는 그때야 '아, 할머니도 엄마가 계셨겠구나!'라는 생각을 하게 됐다. 할머니는 처음부터 할머니인 줄 알았다.
그때부터 할머니의 엄마는 어떤 분이셨을까? 할머니는 어린 시절에 어떤 모습이었을까? 할머니는 우리 엄마를 낳아서 어떻게 기르셨을까? 우리 엄마를 낳았을 때 할머니 나이는 몇 살이었을까? 생각과 상상이 끝없이 꼬리를 물었다.

그 후 나와 엄마, 할머니의 '엄마와 딸'이라는 특별한 관계에 대해 하나하나 의미 부여를 하며 여러 생각을 했다.

딸아이를 키우면서 맛있는 것을 먹을 때나 여행을 다닐 때 그리고 사는 게 힘들다고 느껴질 때면 엄마 생각이 더 난다. 항상 내 편이고 항상 나를 응원하고 항상 나를 사랑하는 엄마라고 혼잣말을 한다. 엄마는 항상 나를 생각하고 계실 것 같다.

자식은 부모에게 항상 이기적이다. 내리사랑이니까! 부모님이! 엄마니까! 당연한 거 아냐? 라며 부모의 사랑과 노고를 당연하게 생각한다. 왜 많은 자식은 뒤늦은 후회를 하는 걸까? 이 또한 고약한 세상의 순리인가?

'엄마'라는 말은 이 세상에서 가장 따뜻하고 안락하고 평안한 단어다. 가장 힘이 세고 가장 고귀하고 가장 연약하고 가장 그리운 단어다. 이러한 '엄마'를 표준어 국어사전은 "격식을 갖추지 않아도 되는 상황에서, '어머니(자기를 낳아 준 여자를 이르거나 부르는 말)'를 이르거나 부르는 말"이라고 애틋함이라고는 하나도 없이 따뜻함이라고는 하나도 없이 그냥 툭 던져 놓듯이 설명한다. 무정하고 쌀쌀함이 꼭 집 나간 자식 같다.

굳이 '어머니'의 위대함을 다 열거하지 않아도 역경을 이겨낸 사람들 뒤에는 고귀한 어머니가 있었다는 말을 하지 않아도, '어머니'는 '어머니'라는 이름만으로 위대하다.

내가 만난 장애 자녀를 둔 어머니들은 모두 위대하다. 38살에 특수 교사를 시작한 내 눈에 장애 학생들과 함께 학생의 엄마도 들어왔다. 그때는 내 또래의 젊은 엄마들이 마음에 들어왔다. 아, 만약에 내 아이가 장애를 갖고 태어났다면 나는 어떻게 키울까? 아이의 장애를 처음 알게 되었을 때 받은 충격은 얼마나 컸을까? 대학에서 배운 '부모가 장애 자녀를 받아들이는 심리과정'은 그저 공부일 뿐이다. 학부모님을 만났을 때는 그저 '힘드셨겠어요!' 이 말만 하게 된다.

할머니들을 만나면 가끔 이런 이야기를 듣는다.

"내가 살아온 이야기를 책으로 쓰면 몇 권은 쓴다."

장애 자녀를 둔 학부모 이야기를 책으로 엮으면 몇 권이 아니라 몇 수레라도 모자랄 것 같다. 자녀의 장애를 발견하고 그 충격을 이겨내고 아이의 건강을 기원하며 병원으로 치료실로 쫓아다닌다. 아이를 학교에 보내놓고 나면 학교에서 하루를 어떻게 보내고 있을지 전전긍긍한다. 아이를 데리고 외출을 하면 사람들은 왜 그리 쳐다보는지. 전염병이 있는 것도 아닌데 가까이라도 앉게 되면 왜 깜짝 놀라서 한 발 뒤로 물러서는지. 졸업은 하는데 중증 장애라고 받아주는 곳이 없어서 막막하고 먹먹한 가슴으로 살아온 세월에 관한 이야기들.

특수교사를 하며 담임을 18년 했다. 담임하며 학부모가 아이들을 어떻게 키웠는지 어떤 어려움이 있었는지, 어떤 기쁨이 있었는지에 대해 많은 이야기를 나눈다. 힘들었던 이야기를 들으며 함께 손을 잡고 눈물을 흘리기도 하고, 아이의 작은 변화에 기뻐하는 학부모와 그 기쁨을 함께 나누기도 했다. 특수학교는 상담주간뿐만 아니라 매일매일 수시상담을 할 일이 많다. 굳이 아이들 이야기가 아니더라고 학부모의 건강이 염려되어 전화한다. 어떤 날은 그냥 핑곗거리를 찾아 전화한다. 며칠 전에 보았던 학부모의 얼굴이 깊은 수심에 차 보였기 때문이다.

"엄마가 건강해야 아이를 잘 돌볼 수 있잖아요" 그날 있었던 아이들 이야기를 핑곗거리 삼아 이야기를 시작한다. 언니 같고, 친구 같고, 동생 같은 학부모 속 이야기를 들으며 호흡을 함께해 본다.

얼마 전 선생님들의 성장학교인 '고래 학교' 모임이 있었다. 나를 제외하고는 모두 일반 학교 선생님들이다. 교사의 성장에 신조를 지닌 고래 학교로, 생각하고, 실천하고, 공유하는, 한 사람 한 사람 모두 열정이 대단한 훌륭한 선생님들이 함께하고 있다. 여기서 내가 하는 일은 일반 학교 선생님들께 특수교육에 대한 이해를 도와주는 일이다. 그리고 각 교실에 한두 명은 있을 장애 학생들을 이해하고 지도하는 데 도움이 되는 역할을 한다. 장애 학생들은 개인마다 장애 특성과 학습 수행 정도가 달라서 개별 지도를 해야 하는 아이들이 많다.

에피소드를 통해 아이들 특성을 이야기하며 장애 자녀를 둔 학부모의 고충에 관해서 이야기를 나눴다. 장애 자녀를 둔 가정과 보호자에 대한 지원과 보호도 필요하지만, 함께 살아가는 우리의 이해와 공감이 절대적으로 필요하다는 이야기를 했다.

나이가 들어가니 이제는 나이 많은 엄마들이 눈에 보인다. 아이를 돌보는 모습이 힘들어 보인다. 염색하지 않으면 머리의 절반은 흰머리인 엄마들이 많다. 휠체어에서 학부모와 함께 아이를 들어 내리는데 나와 비슷한 연배의 학부모 무릎에서 '두둑' 소리가 난다. '아이고 다 됐다'라며 서로 얼굴을 쳐다보고 웃었다. 그러나 웃는다고 다 웃는 게 아니다. 엄마는 나이 들어가고 아이는 커간다.

요즘은 학부모 상담을 할 때 필수적으로 묻는 게 있다. 어떤 운동을 하는지, 경락은 받는지, 취미 생활은 하는지. 아이를 학교에 보내고 나면 학교에 맡겨놓고 어머니들 시간을 보내라고 말한다. 감성적인 취미 생활도 하고, 무엇보다 건강을 위해 몸을 가꾸는 시간을 가지라고 말한다. "엄마가 건강해야 아이가 결석을 안 하지요."라고 말은 하지만, 엄마들 건강에 대해 염려를 한다. 자기 관리를 잘하는 학부모를 만나면 크게 칭찬을 한다.

체구가 작은 학부모님이 있다. 뇌 병변 장애가 있는 예쁜 아이가 있다. 엄마보다 몸집이 크다. 아이를 차에서 안아 내리거나 올려 태울 때마다 도움을 주려고 하면 혼자서 하겠다고 한다. 요령이 있다고. 아무리 요령이 있어도 힘들 것 같다. 하루는 어머니께 여쭤봤다.

"어머니, 이렇게 작은 몸으로 어떻게 아이를 번쩍 드세요?"

"에이 선생님, 나는 엄마잖아요, 엄마니까 하지요!"

심순덕 시인의 '어머니는 그래도 되는 줄 알았습니다.' 시가 생각난다.

어머니는 그래도 되는 줄 알았습니다

온종일 밭에서
죽어라 힘들게 일해도
어머니는 그래도 되는 줄 알았습니다.

찬밥 한 덩이로
대충 부뚜막에 앉아 점심을 때워도
어머니는 그래도 되는 줄 알았습니다.

돌아가신 외할머니가 보고 싶으시다고,
외할머니가 보고 싶으시다고,
그것이 그냥
넋두리인 줄만 알았던 나.

한밤중 자다 깨어 방구석에서
한없이 소리 죽여 울던 어머니를 본 후론.
아
어머니는 그러면 안 되는 것이었습니다.

05

가족이 뭐 별건가요

6년 전인가? 여름 방학에 딸아이와 함께 처음으로 해외여행을 다녀왔다. 중국에서 20년째 사는 셋째 여동생 집을 방문했다. 고소공포증이 있어서 그동안 비행기를 탈 엄두를 못 냈다. 하물며 케이블카 타는 것도 무섭다. 인천공항에서 탑승 준비를 하는 내내 심장 뛰는 소리가 귀에 들리는 듯했다. 이륙하는 비행기 굉음 소리에 눈을 질끈 감아버렸다. '내가 비행기를 타다니' 무서웠으나 한편으론 하늘을 날고 있는 나 자신이 신기하고 기특했다. 동생 내외의 세심한 배려로 20여 일 여행과 휴식의 시간을 보내고 돌아왔다. 대구 버스터미널에 도착하니 기다리고 있던 남편이 20일이 이렇게 긴 줄 몰랐다며 반긴다. 집에 도착해 여행 가방을 풀던 딸아이가 "아, 역시 집이 최고다!"라고 말하며 드러누웠다. "그래, 집이 최고다!" 초등학교 3학년 아이가 집의 소중함을 알게 된 시간이다.

살다 보면 사람들과 이런저런 사소한 일로 부딪히는 경우가 있다. 며칠 전 학교에서 별일도 아닌데 나 혼자 예민해져 신경전을 벌이느라 에너지가 소진됐다. 몸과 마음이 너덜너덜해진 채 9시가 넘어 집에 도착했다. 문을 열고 거실로 들어서는데 "엄마 왔어!" 하는 딸아이의 목소리가 그렇게 반가울 수가 없었다. 온종일 긴장하고 힘들었던 몸과 마음이 사르르 풀린다. 돌아올 집이 있고 가족이 있다는 게 얼마나 좋은지.

가족을 돌보는 일이 얼마나 중요하고 숭고한 일이며 사랑을 실천하는 일인지 평생 사회적 약자를 돌보며 살았던 마더 테레사는 이렇게 말했다.

'사랑은 가장 가까운 사람 즉 가족을 돌보는 것부터 시작된다.'

장애 자녀를 둔 부모의 희생과 사랑의 무게는 얼마만 할까? 장애 형제가 있는 비장애 형제는 부모님이 계시지만 언젠가는 내가 형제를 돌봐야 한다는 책임감을 느끼고 있다. 먼 미래가 아닌 지금 일상에서도 도와줘야 할 일이 많다. 부모님을 도와 외출 준비를 하거나 물을 가져다줄 수도 있다. 물 한 컵 가져다주는 게 무슨 대수냐 싶어도, 집에서 쉬고 싶은데 자꾸 움직일 일이 생기면 성가실 수도 있다. 부모님 외출 시에는 집에서 오롯이 장애 형제를 돌보는 일이 생긴다.

형제자매가 있는 학생들이 많다. 특수학교는 방학이면 대개 계절제 학교를 운영한다. 초등학교에 다니는 동생들은 방학이면 가끔 언니 오빠가 다니는 우리 학교를 방문한다. 물론 부모님을 따라서 온다. 동생들은 하나같이 귀엽고 예쁘다. 나를 처음 보면 오빠 담임선생님 이라고 부끄럽게 인사를 한다. 그 모습도 사랑스럽다. 얼굴을 몇 번 보고 나면 아주 스스럼없다. 장난을 치고 학교를 구경하고 아주 많이 신난다.

개교기념일이라며 엄마를 따라 우리 학교에 온 초등학생이 있었다. 언니가 우리 반 학생이다. 학부모님과 이야기를 하고 있는데 우리 학생이 물을 먹고 싶다고 한다. 말이 떨어지기가 무섭게 나보다 빠른 동작으로 동생이 언니한테 간다.

"언니 물 먹고 싶어? 조금만 기다려, 내가 물 갖다 줄게"

선수를 빼앗긴 내가 씩 웃었다. 우리 학생도 나를 보며 씩 웃는데 꼭 이렇게 말하는 것 같았다.

'우리 동생 예쁘지요? 나한테 엄청나게 잘해요.'

중1 담임을 할 때다. 우리 반 입학생은 8명이었다. 강당은 입학을 축하해 주러 온 가족과 친지들로 꽉 찼다. 한 주가 지났을까? 한 학부모로부터 전화가 왔다. 학교홈페이지에 있는 사진 중 하나를 내려달라는 내용이었다. 입학식에 동생을 축하해 주러 왔던 누나가 자신 모습이 담긴 사진이 학교홈페이지에 올려졌다고 한다. '네, 알겠습니다.' 동생을 사랑하지만, 사춘기를 겪고 있는 누나는 특수학교에 다니고 있는 동생이 있다는 사실을 친구들이 몰랐으면 했다. 사진을 내려 달라고 부탁하는 엄마도 내리겠다고 말하는 나도 충분히 이해했다.

사진을 내리며 누나 모습을 클로즈업해 보았다. 하얀 안개꽃과 노란 프리지어가 섞인 앙증맞은 꽃다발을 들고 동생을 축하해 주고 있다. 시간 내서 입학식에 참석할 만큼 동생을 예뻐하는 누나다. 친구들에게 일부러 말할 필요는 없다. 누구라도 내 형제가 어느 학교에 다니고 상황이 어떻다고 일부러 말하지 않는다. 그렇지만 특수학교에 다니는 동생이 있다는 상황을 친구들이 몰랐으면 하는 마음을 사춘기라서 그렇다고만 생각할 수는 없었다. 혹 가족 중에 장애가 있는 사람이 있다는 것을 알게 된 일부 사람들의 기분 좋지 않은 반응을 겪은 건 아닐까?

"안됐다. 힘들겠다. 불쌍하다. 고생하겠다."

나를 불쌍하게 보는 눈길은 유쾌하지 않다. 동생은 장애를 갖고 있어서 살아가는 데 어려움이 많을 수 있다. 사랑하는 가족이 있고 학교에 다니고 있다. 다른 아이들처럼 즐거움도 있고 기쁨도 있다. 희망을 꿈꾸며 미래를 준비한다. 장애를 바라보는 일부 사람들은 힘들고 아픈 부분만 보기도 한다.

누나는 동생 장애가 아무렇지 않았을 수도 있다. 혹은 동생의 장애를 이해하고 받아들이는 시간을 이미 지나왔을지도 모르겠다. 내 동생은 왜 다른 아이들과 다를까? 나는 얼마나 많은 시간을 동생을 보살펴야 할까? 엄마는 왜 동생한테만 신경을 쓸까? 나도 엄마의 손길이 필요한데. 어른이 되어서 부모님이 안 계시면 내가 이 동생을 책임져야 하는가? 나는 동생을 사랑하는데 왜 친구들한테 말하지 못하고 있을까?

있는 그대로를 받아들이던 초등학생 시절과 달리 아직 사춘기를 지나고 있는 친구들의 반응이 두려웠을 수도 있으리란 생각이 들었다. 사진을 내려 달라고 엄마에게 말했을 누나의 마음이 힘들지 않았기를 바라본다.

> "가족이 뭐 별건가요? 좋을 땐 같이 웃고 힘들면 서로 기대고, 그렇게 사는 거죠! 그리고 큰 애도 오빠니까 가족이니까 같이 보살펴야지요."

한 학부모님과 학생에 대한 이런저런 이야기 끝에 가족 이야기가 나왔다. 우리 반 학생의 오빠가 있는데 흔한 말로 요즘 애들 같지 않고 동생을 잘 보살핀다. 누가 봐도 동생을 예뻐하는 마음이 보인다. 대학교에 다니고 있지만, 시간이 날 때마다 엄마와 함께 동생을 데리러 학교에 온다. 동생은 오빠가 오면 소리를 지르며 좋아 어쩔 줄을 모른다.

"아이고, 누가 보면 몇 년 만에 만나는 줄 알겠다."

"그러게요, 어쩜 매번 저렇게 반길까요?"

"그래 말입니다. 나중에 장가간다고 하면 안 울겠습니까?"

사랑을 먹고 자란 아이는 눈빛이 따뜻하다. 오빠와 동생, 학부모님 모두 따뜻함이 묻어난다. 아버지와 오빠, 그리고 어머니께서 아이를 정성스럽게 사랑으로 보살핀다. 어머니는 매일매일 샤워를 시키고 머리를 감겨서 학교에 보낸다.

"힘드실 텐데 샤워는 매일 안 해도 될 텐데요. 땀을 많이 흘리는 것도 아니잖아요"

나는 학부모가 힘들까 봐 샤워시키는 것을 이틀에 한 번씩만 할 것을 권했다. 학부모는 아이가 침을 흘려서 혹 냄새라도 나면 주변 사람들이 싫어할까 봐, 내 아이에게 다가오지 않을까 봐, 무엇보다 아이가 찜찜해할까 봐 매일매일 샤워를 시킨다고 한다.

　가족은 많은 것을 함께한다. 같은 공간에서 하루를 보내고, 같은 음식을 먹고, TV 프로그램을 함께 보며 같이 웃고 같이 슬퍼한다. 그러다 보니 유전적인 요소 외에도 습관과 생각들이 닮아가는 것 같다. 오빠에게 장애가 있는 동생은 그저 돌봐 줘야 할 일이 조금 더 많은 사랑하는 동생이다. 동생은 자기를 예뻐해 주는 오빠가 오면 얼굴만 봐도 좋아서 그렇게 반긴다. 사랑은 가장 가까운 사람, 가족을 돌보는 것부터 시작된다고 말한 테레사 수녀가 꼭 이 가족의 모습을 보고 말한 것 같다.

06

언제든지 연락해요

"혜정이 어머님, 그동안 고생 많으셨어요, 감사합니다."

"선생님도 고생 많으셨습니다. 그동안 정말 감사했습니다."

졸업식 날 혜정이 어머님을 꼭 안아드렸다. 고3 담임을 맡아 아이들을 졸업시키는 날은 학부모님을 꼭 안아드린다. 아이들이 고등학교 졸업을 하기까지 그간 학부모님 노고를 위로하는 나의 마음이다. 고등부 졸업식은 아이들도 그렇지만 학부모도 더 마음에 남는다. 12년을 한결같이 아침마다 씻기고 밥을 먹이고 가방을 챙겨서 통학버스를 태웠을 것이다. 하교 시간이면 통학버스 도착 시각에 맞춰 정류장에서 아이를 기다리는 일을 12년 동안 해 왔다.

'어머니의 노래'는 모든 어머니의 노래지만 특히 장애 자녀를 둔 어머니들을 말해 주는 것 같다.

'낳으실 제 괴로움 다 잊으시고 기르실 제 밤낮으로 애쓰는 마음, 진자리 마른자리 갈아 뉘시며 손발이 다 닳도록 고생하시네'

친정엄마와 온종일 고추를 땄다. 친정엄마는 가끔 이 노래를 불렀다. 그때는 외할머니를 생각하며 부르는 줄 알았다. 엄마로 사는 어느 날, 문득 '어머니의 노래'가 생각났다. 어쩌면 친정엄마는 홀로 6남매를 키우느라 힘든 마음을 이 노래로 자신을 위로하고 계신 건 아니었을까? 큰 딸이지만 철없던 나는 엄마가 얼마나 힘들었을지 미루어 짐작조차 하지 못했다. 마음을 위로할 줄 몰랐다. 위로하는 방법도 몰랐다.

장애 자녀를 돌보는 일은 경험하지 않으면 그 마음을 헤아리기 어려울 것 같다. 나 역시도 특수교사이기 때문에 간접경험을 할 뿐이다. 간접경험이지만 학부모의 노고를 위로해 드리고 싶다. 학생이 시험 기간이면 학부모도 시험 기간이다. 학부모가 아파 누우면 학생이 결석하는 때도 있다. 학생이 졸업하면 학부모도 졸업한다. 한 분 한 분 안아드릴 때 눈물이 흐를까 봐 마음을 다스렸다. 강철 같은 엄마의 따뜻한 체온을 느끼며 우리는 서로 등을 토닥였다. 그 토닥임에 많은 이야기가 담겨 있다. 학부모와 나는 서로 수고했다. 고생했다. 감사하다. 앞으로도 연락하고 지내자며 서로 등을 계속 토닥인다.

졸업이 가까이 다가오면 아이들과 많은 이야기를 나눈다. 진로에 관한 이야기와 '사랑한다', '연락하자'라는 이야기도 몇 번씩 확인한다. 고3 담임을 할 때마다 마음 한편이 불편하다. 아이들이 자립하기를 꿈꾸며, 세월만큼 아이들도 성장한다는 생각을 한다. 조금 열악한 환경을 만나도 헤쳐나가야 한다고 아이들이 아닌 내 마음을 향해 말하곤 했다. 그런 마음과 달리 아이들이 학교를 나가면 어떤 환경에 놓일까? 새로운 환경에 적응은 잘할까? 물가에 내놓은 어린아이가 우리 아이들이다.

고3 담임을 하며 학부모와 상담을 하면 약속이나 한 듯 하나같이 말한다.

"학교에 있을 때가 좋은데, 선생님 세월이 언제 이렇게 흘렀을까요."

대학을 가든 전공과를 가든 취업을 하든. 학부모는 12년을 다닌 학교를 떠난다는 사실을 몹시 아쉬워한다. 우리 마음도 마찬가지다. 일반 학교와 달리 특수학교는 초등학교부터 고3까지, 이제는 전공과도 있으니 이 기간을 합하면 한 학교에서 14년을 보낸다. 옛말이지만 10년이면 강산이 변한다고 했는데 그렇게 오랜 시간을 함께 보낸다. 오랜 세월 같이 지내다 보니 학생과 선생님 가정의 대소사를 서로 대충은 안다. 이맘때쯤 누구네 집에 제사가 있을 텐데, 누구네 형은 이제 제대할 때가 됐는데, 누구네 집 김장하면 꼭 누구네 집과 나눠 먹는다던데. 학생과 선생님 관계가 이웃사촌이 된 느낌이다.

지난해도 나는 고3 담임을 했다. 강당에서 졸업식 행사를 마치고 교실로 왔다.
"학부모님, 저는 고3 졸업식 날에는 학부모님을 꼭 한 번 안아드리고 보내드립니다."
가까이 있는 학부모부터 한 분씩 꼭 안았다. 안아드리며 진심으로 수고하셨다는 말을 전했다. 학부모 마음이 전해온다. 콧등이 찡해오고 눈가가 촉촉해진다. 저 끝에 있는 학부모의 훌쩍거리는 소리가 들리자 아이들 표정도 심상치가 않다.
그래도 올해 졸업식은 행복하다. 한 명은 대학에 합격했고, 다섯 명은 모두 전공과에 진학했다.

고3 담임을 처음 하던 해는 마음이 힘들었다. 당시는 전공과가 없던 시절이다. 졸업하는 학생들 대다수는 복지관에도 갈 수 없었다. 졸업생은 많고 복지관 자리는 적었다. 몇 명은 후보로 대기한 상태에서 졸업식을 맞이했다. 졸업식 날 우리 반 학생 중 한 명을 촬영하러 모 방송국에서 나왔다. 카메라가 돌아가고 있었지만 우리는 울고만 있었다. 12년을 같이 지낸 친구들과 헤어져야 한다. 헤어짐이 익숙지 않은 아이들이 책상에 엎드려 대성통곡을 했다. 그런 아이들을 보며 학부모도 흐느끼기 시작했다. 아이들 울음이 잦아들고 마지막 인사를 나누며 학부모님을 꼭 안아드렸다. 왠지 내 마음이 그래야 할 것 같았다. 이때부터 고3 졸업식을 할 때면 학부모님을 안아드린다. 위로와 존경과 사랑을 담아.

자주 가는 마트가 있다. 장바구니를 들고 물건을 고르고 있는데 바로 앞에 안면이 있는 사람이 있다. 우리는 잠시 머뭇거리다 동시에 서로를 알아봤다. 10년 전 졸업한 학생의 학부모다. 반가웠다. 반가움에 손을 맞잡고 한참을 서로 안부를 물었다. 학부모는 웃는 듯 우는 듯 이야기를 이어간다. 3개월 전에 2시간 거리에 있는 소도시 어느 시설로 아이를 보냈다고 한다. 어머니 몸이 안 좋아져서 아이를 계속 돌볼 수가 없단다. 친척 소개로 알게 된 시설에 아이를 보냈다며 "저는 나쁜 부모랍니다"라며 말하는 눈이 붉어진다. 잠시 놀랐지만, 부모님까지 아프면 더 곤란하니 사정 따라 해야 한다며 위로를 했다. 담임이었던 나를 보니 아이가 생각난 것 같다. 시설에서 아이 근황을 사진으로 보내줬다며 휴대전화 속에 저장해 놓은 사진을 내게 보여줬다. 해맑게 웃고 있는 아이 분위기가 이제 제법 숙녀티가 난다. 꼭 아이를 버린 엄마 같다며 말하는 학부모의 표정에는 아이에 대한 그리움과 미안함이 가득 묻어난다. 학부모 손을 잡고 말했다.

"믿을 만한 곳이면 마음 놓고 지내세요. 아이를 버렸다고 생각하지 마세요. 아픈 몸으로 아이를 돌보지 못하게 되면 어머니도 아이도 모두 힘들잖아요. 보고 싶으면 언제든지 가면 되잖아요."

"선생님, 꼭 연락하고 지내요"
"네, 연락드릴게요, 어머니도 연락 주세요."
이렇게 해서 졸업한 지 15년이 지난 지금도 첫 고3 졸업생 아이들과 학부모와 연락을 취하고 있다. 한 아이는 고3 때 좋아한 것을 지금도 좋아한다. 여전히 몽당연필과 그림 그리는 것을 좋아한다. 애교도 그대로고 노래 부르고 춤추는 것도 그대로다.

어느 날 제자가 찾아왔다는 연락을 받고 1층에 내려갔다. 결혼해서 딸을 데리고 왔다. 언제 만나 어떻게 결혼을 했는지 시댁 식구는 어떤 사람들인지, 동생들은 어떻게 살고 있는지 궁금한 게 너무 많았다. 마침 수업이 없어서 2층 교실로 올라갔다. 우리 반 아이들은 특별실에서 수업하는 시간이어서 교실이 비어있었다. 교실 한편이 전기패널이어서 아이를 그곳에 눕히도록 했다. 손을 씻고 아이부터 안아봤다. 눈 코 입 모두 어찌나 작고 귀엽던지. 신랑은 예전에 학교에 같이 찾아온 적이 있는 사람이었다. 사귀고 있다는 말을 들었는데 결혼까지 한 줄은 몰랐다. 시부모도 좋은 사람이라고 한다. 기특하고 대견하다. 오랜만에 옛날이야기를 떠올렸다. 친구들을 만나는지 물었다. 모두 연락이 안 된다고 한다. 졸업 이듬해 학생 여럿이 만난 적이 있었다. 그때 학부모에게 부탁했다. 아이들이 거주하는 곳이 달라도 12년을 함께 했으니 가끔 친구들끼리 만날 수 있도록 해 달라고. 그런데 이게 말처럼 쉬운 일이 아니다. 아이들 스스로 약속을 정하고 약속 장소로 찾아갈 수 있다면야 쉬운 일이지만 학부모가 시간을 내야 하는데 하는 일들이 바쁘다. 언제 시간이 되면 이리저리 연락을 취해 모두 한 번 만날 수 있었으면 좋겠다. 올해, 춥지 않은 봄이나 가을쯤 반창회를 열어보면 어떨까?

07

또 만났네요

후배 한 명이 우리 반에 자원봉사를 왔다. 10월 입대를 앞두고 있어서 3월에 휴학했다고 한다. 당시는 주 5일제 수업이 이루어지기 전이다. 2주에 한 번 토요일마다 현장체험학습을 하러 갔다. 이런 상황을 알고 토요일마다 자원봉사 활동을 하겠다고 한다. 나로서는 무척 반가운 일이다.

후배는 입대 1주 전까지 한 번도 빠지지 않고 현장체험학습 활동을 도왔다. 자원봉사 나오는 대학생들에게 강조하는 게 있다. 성실과 책임감, 아이들과 친밀감 형성 그리고 안전에 관한 이야기다. 후배는 서글서글한 인상에 행동도 빨랐다. 무엇보다 아이들과 잘 어울렸다. 형처럼 오빠처럼 아이들과 장난치고 즐겁게 지내면서도 내가 강조한 내용을 잘 지켜줬다. 입대 일주일 전 그동안 아이들과 정이 들었던 후배는 한 명 한 명에게 작은 선물을 주었다. 아이들은 또 울고 매달린다. 정도 많은 우리 아이들은 헤어짐이 매번 힘들다. 성실하고 아이들을 예뻐했던 후배는 지금 공립학교에서 특수교사로 재직 중이다.

학교 교육 활동은 교과와 창의적 체험 활동으로 나뉜다. 선생님들은 줄여서 그냥 창체라고 부른다. 창체는 자율, 진로, 봉사, 동아리 활동의 세부 영역이 있다. 요즘 중학교에서는 자유학기(년)제를 시행하면서 체험 활동이 활발하게 이루어진다. 창체 영역에서도 마찬가지다. 학교 안팎으로 체험 활동의 기회가 많아지고 내용이 다양해졌다.

특수학교에서 체험 활동을 하려면 활동을 안내하고 도와주기 위한 많은 손이 필요하다. 교내에서 체험 활동을 하게 되면 내 수업 시간과 상관없이 전 교사가 참여한다. 그래야 작으나마 교육 효과를 기대할 수 있다. 전교생이 함께하는 행사나 체험 활동은 담당 선생님이 될 수 있는 대로 외부 인적자원을 자원봉사자로 유치하기 위해 애를 쓴다.

우리 동기들이 현장에 나오던 시기만 해도 특수교육과 학생들은 시간표를 조정해서 특수학교나 관련 시설에 자원봉사 활동을 자주 나갔다. 요즘 특수교육과 학생들은 경쟁률 높은 임용시험을 준비하느라 자원봉사 활동을 하기가 어렵다고들 한다. 그래서 자원봉사 활동을 하는 대학생을 만나기가 쉽지 않다. 학교에서도 자원봉사자 모집 방향을 바꾸었다. 지역사회기관과 연계를 하거나 마을 주민들과 연계하고 내용에 따라 학부모가 참여하기도 한다.

장거리 체험학습을 매년 하고 있다. 리프트 버스가 있지만 120여 명의 전교생을 태우기에는 역부족이다. 리프트 버스에는 학생이 휠체어에 앉은 채로 고정할 수 있는 자리는 몇 석 안 된다. 장거리 체험학습을 하러 가기 위해서는 대형버스로 이동한다. 아이들을 안아 올려 좌석에 앉히고 안전띠를 맨다. 그 옆에는 선생님이 아이의 안전을 보살피며 동행을 한다. 장거리 체험학습 날, 처음 보는 운동장 풍경에 나는 적잖이 놀랐다. 트럭에 휠체어를 싣고 있는 모습과 아이들을 안고 차에 올라 좌석에 앉히는 모습을 보는데 가슴이 뭉클했다.

학급별 현장학습일은 주로 학부모 동행으로 이뤄진다. 아이들 한 명 한 명 휠체어를 밀어줘야 이동을 할 수 있기 때문이다. 장거리 현장학습은 대구지역에 있는 청룡 로터리클럽 회원들과 함께한다. 우리 학교와 협력한 지 10년이 되었다고 한다.

아이들이 인사를 한다.

"안녕하세요. 또 만났네요."

"그래, 그동안 잘 지냈나?"

"네, 아저씨도 잘 지냈어요?"

"그래, 야, 1년 만에 보니 참 반갑다."

"근데, 그때 모자 쓰고 왔던 그 아저씨는 오늘 안 왔어요?"

"왔다. 저쪽에 있네. 다른 학생 짝꿍 됐네."

"이따 인사하러 같이 가요"

"그러자, 오늘 날씨가 참 좋다. 도시락 맛있는 것 많이 싸 왔나?"

"네, 김밥이랑 과자랑 오렌지도 있고, 아! 커피도 있어요. 엄마가 선생님 드리래요."

"아하! 그래, 이 아저씨도 맛있는 것 많이 가져왔다. 활동 끝나면 점심때 맛있게 같이 먹자!"

"네! 좋아요!"

우리 반 아이와 짝꿍이 된 청룡 회원 간의 대화가 즐겁다. 1년 만에 만난 아저씨와 할 이야기가 많은 것 같다. 재잘대는 아이와 청룡 회원, 그리고 높은 가을 하늘이 한 장의 프레임으로 내 눈에 들어온다. '따뜻한 가을'이다.

원활한 체험 활동을 위해 선생님과 청룡 회원 40여 명이 학생들과 1대 1로 짝을 지었다. 휠체어를 밀며 체험 활동을 한다. 경사진 도로를 지날 때면 휠체어를 안전하게 밀고 있는지 나도 모르게 뒤돌아본다. 체격이 큰아이를 밀어주던 분이 휠체어를 돌려 뒤로 해서 내려오고 있다. 경사진 곳은 휠체어를 뒤로 돌려서 내려오면 더 안전하다. "잘하시네요" 이미 몇 년째 참여하고 있어서인지 안전하게 내려가는 방법을 잘 알고 있다. 마음이 놓였다. 점심시간이다. 우리 학생들은 뇌 병변 특성으로 나타나는 상지 불수의 운동형 아이들이 많다. 스스로 밥을 먹을 수 있는 아이들보다 밥을 먹여 줘야 하는 학생 수가 더 많다. 봉사자분들께 아이들 한 명 한 명 섭식 특성을 설명해줬다. 봉사자들은 휠체어에 앉아 있는 아이들 앞에서 조심스레 밥을 먹여 준다. 혹시 체하기라도 할까 봐 음식을 입에 넣어 줄 때마다 조심스럽게 물어보며 먹인다. 밥양이 많은지, 반찬을 더 잘게 잘라서 줘야 하는지.

활동을 마치고 아이들을 차에 안아 올리고 휠체어를 트럭에 싣는 것까지 도와줬다. 덕분에 현장체험학습 활동을 안전하게 마무리할 수 있었다. 무엇보다 모든 아이가 더 가까이 보고 더 많이 체험할 수 있었다.

"감사합니다. 고맙습니다."

마음이 따뜻한 사람들이 많다. 내 주변을 돌아다보며 도울 수 있는 일이 무엇인가를 찾는 사람들이 있다. 조그만 관심과 행동이 도움을 받는 사람들에게는 얼마나 큰 도움이 되는지를 알았으면 좋겠다. '제가 뭐 한 일이 있나요?', '그냥 조금 도왔을 뿐인데요, 뭘' 도움을 받고 감사 인사를 하면 손사래를 친다. 가끔 TV에 보여주기식이 아니냐는 핀잔을 듣는 자원봉사 활동가들이 있다. 나는 보여주기식이라도 자원봉사 활동은 긍정적으로 바라본다. 아무것도 하지 않는 것보다 당일 하루라도 누군가에게 도움을 줬다는 사실이 중요하다고 생각한다. 도움을 받은 사람은 그날 하루가 무척 감사한 하루였을지도 모른다.

지역사회 기관과 '우리 마을 교육 나눔 사업'을 협력하여 진행했다. 마을 주민과 청소년이 함께하며 세대 간 이해를 바탕으로 진로 탐색과 인성 역량을 기르자는 취지다. 추진위원회를 꾸려 4월부터 10월까지 7회의 프로그램을 진행했다. 대명3동에서는 추진위원장을 비롯하여 동장과 사무장이 직접 프로그램 운영에 필요한 자원봉사자와 함께 참여했다. 자원봉사자로 오신 분들은 등하굣길에 얼굴을 마주친 동네 주민들이다. 학교 담벼락 옆에 있는 대명시장 상인분들도 있다. 이불가게 사장님은 오고 가는 모습만 봤는데 직접 아이들을 만나서 이야기도 나누고 조금이라도 도울 수 있어서 다행이라고 한다. 7회 동안 프로그램에 한 번도 빠지지 않고 참석하신 분들도 있다. 매회 참석하니 아이들에게 무엇이 필요한지 어떻게 도와줘야 하는지를 안다. 아이들도 반갑게 인사를 한다. 도움을 받아 하나하나 손길이 가는 도자기도 만들었다. 5월 7일 어버이날을 하루 앞두고 직접 케이크를 만들어 경로당을 찾았다. 케이크를 전해드리는 아이들 표정이 사뭇 진지하다. 매번 도움만 받던 아이들이 할머니께 자신이 만든 케이크를 전해드리니 마음이 흐뭇한 모양이다. 마음을 담아 쓴 손편지를 읽어드리고 다 함께 노래하는 시간을 가졌다. 진행하는 내내 내 마음도 흐뭇했다. 아이들과 함께 간 학부모, 대명3동 자원봉사자분 모두 마음이 훈훈하다. 우리 아이들을 바라보는 할머니들의 눈길에 안쓰러움이 묻어 있다. 연신 아이들 손등과 등을 토닥여 준다.

학생들은 어깨띠를 두르고 자원봉사자는 피켓을 들고 등굣길 교통안전 캠페인도 함께했다. 프로그램에 참여한 아이들은 보람을 느끼고 자신감도 생겼다고 말한다. 경로당과 도로까지 안전하게 휠체어를 밀어주며 함께한 자원봉사자가 있어서 프로그램을 마칠 수 있었다.

"항상 도움받을 일이 많았잖아요. 그런데 경로당을 다녀오고 교통안전 캠페인을 해 보니까 나도 누군가를 위해 도움을 줄 수 있고 또 할 수 있는 일이 있다는 것을 생각하게 되었어요. 그게 보람 있었던 것 같아요"

5장

특수한

행복

01

보람을 느낄 수 있다는 것

특수교사가 되지 않았다면 어쩔 뻔했어! 특수교사가 되지 않았다면 지금 무슨 일을 하고 있을까?

가끔 이런 생각을 해 본다. 대학 4학년 1학기까지만 해도 교사라는 직업에 관해 회의적이었다. 생각이 변해 특수교사가 될 수 있었던 두 가지 계기가 있었다. 교육실습을 나와서 선생님들의 열정을 만났다. 교사는 보수적이고 융통성도 없고 정해진 틀 안에만 있을 거라는 내 생각을 깨트렸다. 선생님들 생각은 자유로웠고 사고는 진취적이고 열정과 철학이 있었다. 아이들은 자꾸 나를 사랑한다고 했다. 엉뚱한 계기 하나는 멀미다. 대학원에 진학해서 장애 학생들 직업을 개발하고자 했다. 학교와 직업현장을 연결하는 일을 하고 싶었다. 대학원 수업 시간을 확보하는 조건으로 4학년 여름 방학 때 치료실에 취업했지만 어이없게도 '멀미' 때문에 그만두게 되었다.

학교생활을 하면서 스스로 서툴고 학교 조직 생활이 내 체질에 안 맞는다는 핑계를 대며 학교를 그만두고 싶어 했던 적이 있다. 그때 남편은 용케도 나를 잘 설득해서 지금까지 학교에 남았다.

'보람된 하루 보내세요.', '행복한 하루 보내세요.' 지인들에게 가끔 보내는 문자 메시지 내용이다. 나는 꼭 보람된 하루 되라고 한다.

어렸을 적, 오 헨리의 '마지막 잎새'를 읽으면서 마지막 잎이 떨어질까 봐 마음이 조마조마하던 기억이 난다. 아무것도 안 하며 떨어지는 나뭇잎에 자신의 생명을 맡기고 있는 여자 주인공을 보며 안타까운 마음이 들었다. 감정 이입이 된 나는 마지막 나뭇잎이 떨어지지 않기를 간절히 바랐다. 일어나서 건강해지기 위해 뭐라도 하지 왜 누워만 있을까? 생각하며 마음을 동동거리기도 했다.

어제도 24시간, 오늘도 24시간이다. 어떤 하루는 보람 있고, 어떤 하루는 의미 없이 지나간다. 생각을 어디에 두고 있느냐에 따라 보람을 찾을 수 있다.

언제부턴가 내가 특수교사인 것이 무척 감사하다는 생각이 들었다. 내 일에 보람을 느끼고 소명의식도 생겼다. 보람을 느끼기 시작하면서 행복해지는 마음이 덤으로 따라왔다. 행복한 마음은 다음을 준비하는 모든 것의 자양분이 된다. 보람은 행복을, 행복은 시작의 자양분이 되는 과정이 반복되면서 내가 하는 일에 애정을 더 쏟게 되었다. 출근하고 반갑게 인사해 주는 아이들을 만나고 아이들이 하교하면 업무를 정리한다.

아침 출근 시간, 운동장에 들어서면 '본교 방문을 환영합니다.'라고 반짝거리는 전광판이 제일 먼저 반긴다. 운동장에는 아이들을 기다리는 부지런한 휠체어가 나란히 서 있다. 1층 현관을 향해 들어가는 길

옆에는 동백꽃이 꽃망울을 터트리기 일보 직전이다. 싱그럽다.

말 표현이 어려운 아이의 마음을 용케 알아챘더니 아이가 좋아한다. 퇴근 시간이 지난 줄도 모르고 자르고 오려 만든 학습자료에 아이들이 관심을 보인다. 어제 배운 내용을 기억해서 대답한다. 대학에 간 제자가 이런저런 이유를 핑계 삼아 감사하다는 문자를 보내온다.

'이 맛에 교사 하는구나!'
존경하는 선생님이 하는 것을 배우려고 따라다녔던 내가 어느새 20년 차 선배 교사가 되었다. 학부모 상담과 학습 지도, 생활지도 경험을 공유할 수 있을 때 보람을 느낀다. 세월이 가져다준 나이 덕분에 상담하는 학부모의 이야기에 더 자주 공감을 하게 된다.

수업 준비와 학생 생활지도에 내공이 깊은, 지금은 퇴직하신 선생님을 따라다녔다. 그날도 선생님은 한글 자판 연습용에 있는 문장을 모두 컴퓨터 밖으로 끄집어내 '컴퓨터 자판 익히기 학습자료'를 만들고 계셨다. 소름이 돋았다. '아, 저렇게까지 해야 하는구나!' '아, 저렇게까지 해야 하는가?' 존경스러움과 두려운 마음이 동시에 생겼다. 선생님께서 말씀하신다.

"개별화 교육 계획서를 작성하고 이렇게 자료를 만들어서 수업하는데, 20년 동안 한 번도 같은 개별화 교육을 적용해보지 못했습니다. 뭐라도 조금씩은 고쳐 쓰게 됩니다. 특수교사 해 먹기 참 힘듭니다. 허허"

푸념하듯 던지는 말과는 반대로 손은 바쁘게 워드를 치며 글을 옮겨 놓는다.

-선생님, 너무너무 감사드려요. 언제 이렇게 애들 말을 하나하나 놓치지 않으시고 이렇게 책으로~
진짜 대단하세요. 감동하였어요. 이렇게밖에 할 수 없어서 몸 둘 바를 모르겠어요. 그래도 다행히 2년 더 선생님 볼 수 있어서 좋아요. 많은 이야기는 못 나눴지만, 무언으로도 알 수 있잖아요. 마음을. 정말 고맙습니다.-

-고맙습니다. 다행히 다빈이가 많은 말을 해 주어서 글이 나올 수 있었어요. 편집에서 조금 부족한 점도 있는데 예쁘게 봐주세요. 그리고 다빈이 많이 격려해주고 축하해 주세요. 문자 감사드립니다.-

학급문집을 받아 읽어본 학부모가 감사하다는 인사말을 문자로 보내왔다. 많은 시간과 노력이 필요했던 문집 발간이었다. 감사하다는 학부모 문자에 내가 진심으로 감사한 마음이 들었다. '참 잘했어, 쓰담! 쓰담!' 스스로 격려한다. 그냥 읽고 넘어갈 수도 있을 터인데 내 아이의 글을 보고 감동한 학부모 마음이 고스란히 전달됐다. 한 통의 문자가 나를 또 행복하게 만들었다.

지난해는 국어 수업 시간을 활용해서 아이마다 3편의 글쓰기를 지도했다. 문집 발간 때보다는 힘이 덜 들었다. 글 편수가 적은 이유도 있지만 두 번째 발간이기 때문에 시행착오가 적었다. 아이들이 자유 주제로 쓴 글과 수행 평가하면서 쓴 글들을 모아서 엮었다. 이름하여 'Happy 북 스토리' 올해 고교 3학년 졸업생 한 명이 이렇게 소감을 말한다.

"저는 운이 좋아요, 고등학교 다니면서 책을 두 권이나 만들고 졸업을 하다니"

일을 하다가 책장에 꽂혀 있는 아이들과 함께 만든 책을 바라보면 흐뭇해진다. 아이들이 글쓰기를 하며 보여준 여러 모습이 떠오른다.

아이들과 함께하면서 특수교사로서의 나의 '장점'들을 발견했다.

나는 공감을 잘한다. (그냥 공감된다. 치열하게 살아온 삶 덕분인가?)

나는 잘 웃는다. (별명이 미소 천사다)

나는 사람을 편안하게 해 준다. (그래서 버릇없는 아이들이 생기기도 한다.)

나는 도전을 잘한다. (무모하다는 눈총도 받지만, 결과는 보람 있다)

나는 내가 '잘한다.'라는 착각을 자주 한다. (그래서 또 도전한다.)

나는 아이들 마음을 잘 끌어낸다. (조금만 공감해줘도 아이들은 마음을 활짝 열어준다.)

나는 아이들 눈높이를 잘 맞춘다. (아이들 눈동자 속에서 나를 발견하고 깜짝 놀란다.)

나는 아이들 말을 잘 들어준다. (때로는 무슨 말인지 모를 때도 있다. 하여튼 들어준다.)

나는 감동을 잘한다. (내가 감동을 하면 아이들은 긍정적인 착각을 한다. 그리고 도전한다.)

오늘 하루 감사한 일이 있었는가? YES!

오늘 하루 많이 웃었는가? YES!

오늘 하루 보람 있었는가? YES!

오늘 하루도 행복한가? YES!

02

애들아, 대단하구나

행복을 발견하는 아이들!

특수교사로 살면서 아이들이 행복을 발견하는 모습을 마주할 때 보람을 느낀다. 이런 보람은 생각보다 자주 일어난다. 내가 잘할 수 있는 것을 발견해서 갈고닦는 아이들. 장애를 극복해 나가는 방법의 하나다.

자폐성 장애 아이가 있다. 이 아이는 그림 그리는 것을 좋아한다. 그림을 그리기 위해 먼저 연필과 검정, 파랑, 빨강 크레파스를 준비해 옆에 둔다. 색칠할 모양이다. 연필을 잡는다. 시작점에서 줄을 긋는가 싶었는데 빙그레 한 바퀴 돌린다. 뭘 그리려나? 가까이 다가가 지켜보니 네모난 듯 둥근 동그라미 안에 길쭉한 동그라미 두 개를 그린다. 길쭉한 동그라미 안 2분의 1은 검은색을 칠한다. 형체가 나타났다. 아하! 아기공룡 둘리. 눈과 입매가 기가 막히게 사랑스럽고 선이 곱다. 놀랍다. 아이는 흥얼거리며 계속 그림을 그려나간다. 아기공룡 둘리는 바이올린을 켜는 돼지로, 수염이 짙은 고양이로, 귀가 크고 코는 작은 코끼리로 자꾸 변신하고 있다. 그림을 보는 나는 절로 미소가 생기고 마음은 사랑스러워진다. 어린아이로 돌아간 듯한 착각을 일으킨다. 귀엽고 사랑스러운 돼지와 고양이, 코끼리다.

아이는 그림을 그리며 "나는 지금 행복해요"라고 온몸으로 말하고 있다.

음악 선생님이 새로 왔다. 우리 반 음악 수업을 몇 번 하더니 아기 공룡 둘리를 그리는 아이에게 바이올린을 가르치고 싶어 했다. 악보는 볼 줄 모르지만 한 번 들은 음을 기억하는 것 같단다. 음악 수업이 없는 날에도 하루에 두 번 쉬는 시간에 연습한다고 음악 선생님과 약속을 한다. 나는 본의 아니게 숙제 검사를 하는 사람이 되었다. 음악 선생님이 바이올린 한 대를 교실에 가져다주었다. 쉬는 시간이 되자 바이올린을 켠다. 처음에 '나비야'를 연주한다. 어린아이들이 잘 부르는 노래다. 음이 단순해서 따라 부르기 쉽다. '나비야, 나비야 이리 날아오너라.' '끼잉 끵 끼잉, 끼잉 끵 끼잉, 끵끵'거린다. 귀 기울여 들으니 박자를 맞춘다. 아이의 행복한 소리다. 5교시가 끝나고 또 바이올린을 꺼낸다. 어라, 신기해라! 그림 그리는 일을 빼고는 공부하자고 하면 "싫어요"를 외치던 아이다. 그런데 스스로 연습을 하겠다고 바이올린을 턱에 대고 자세를 잡는다. 흥미와 소질을 발견한 순간이다. 또 끵끵대며 연습을 한다. '나비야'를 다 외워서 켤 수 있게 되자 음악 선생님은 클래식 음악을 가르친다. 이 과정을 지켜보는 나는 행복했다. 한편으론 신기한 마음이 더 컸다. 음악 선생님께 여쭤봤다.

"선생님, 클래식이라뇨? 할 수 있을까요?"

"선생님 걱정하지 마세요. 지금처럼 연습하면 학예발표회 무대에 도 올릴 수 있을 겁니다."

음악 선생님의 단호한 긍정에 기대했다. 언제부턴가 쉬는 시간 10 분이 짧다고 느껴졌는지 다른 과목 수업 시간에도 연습하려고 한다. 점심시간에도 연습한다. 이 시기에는 그림을 그리지 않았다. 바이올 린을 켜지 않을 때는 음을 허밍 하거나 지휘봉을 들고 흥얼거린다. 그해 겨울 학예발표회에서 솔로 연주를 했다. 동요 2곡과 클래식의 한 부분을 연주했다. 아이의 연주를 처음 본 사람들의 놀라는 모습을 바라보는 나는 즐겁고 행복했다. 무대 위 아이는 바이올린을 켜며 '나 는, 지금 행복해요'라고 말하고 있었다.

정인이를 떠올리면 호기심이 발동됐을 때 보이는 반짝반짝 빛나는 눈빛이 떠오른다. 수업 시간이면 하나도 놓치지 않으려고 집중하는 모습에서 배움에 대한 열정을 느낀다. 정인이가 졸업하며 주고 간 편 지에는 나를 똑같이 그려놓은 내 얼굴이 있다. 처음 정인이를 만났을 때 여러 선생님이 그림을 잘 그리는 아이라고 내게 말해줬다. 정인이 와는 고1 때부터 3년 내내 글쓰기 수업에 대한 추억이 많다. 주제가 나가면 아이들은 무엇을 어떻게 쓸지 끙끙댄다. 정인이는 작은 힌트 하나만 듣고도 척척이다. 글쓰기에 재능이 있다. 글쓰기 재능이 펼쳐 지기 위해서는 제일 먼저 마음을 여는 게 중요하다. 정인이는 마음이 열려 있었고 독서 활동도 많이 한다. 생각이 깊고 낭만적이다. 글쓰기 를 잘할 수밖에 없다.

창비 출판사에 응모하여 출판한 학급문집을 준비할 때 정인이 얼 굴에 생기가 넘쳤다. 학급문집이 완성돼 나오기까지 정인이가 많은 역할을 했다. 심한 불수의 운동으로 글을 쓰기 어려운 친구 이야기를 듣고 받아쓰고, 아이들이 어떻게 써야 할지 몰라 끙끙댈 때 생각을 이끌어 주기도 했다. 학생들 글이 나오면 문서작성작업을 해야 한다. 나 혼자 하기에는 역부족이었다. 이때도 정인이는 집에 가서 워드 작업을 해 주었다. 당시 정인이와 다른 학생 몇 명이 문서작성작업에 함께했다. 학교에서 글을 쓰고 집에 가서 문서작성작업을 하느라 온종일 손을 사용했으니 힘이 들었을 것이다. 힘들다고 말하지 않고 열심히 해 준 정인이가 고마웠다.

　특수교육과에 진학한 정인이는 올해 2학년이 되었다. 정인이가 졸업할 때 12명 학생 중 두 명이 대학에 갔다. 다른 학생들은 전공과에 진학했다. 정인이는 몇 년 있으면 나의 교직 후배가 된다. 대학생이 되어 보내오는 정인이 문자를 읽는 내 마음이 행복하다. 사범대 학생 느낌이 톡톡 묻어난다. 그동안 나는 정인이와 '직진 대화'만 했다는 생각이 든다. 갈등과 방황의 대화는 짧았고 주로 꿈을 펼치는 미래를 준비하는 대화를 나눴다. 때로는 말하지 않고 눈빛만 봐도 통했다.

　특수학교는 방학이면 '계절제 학교'를 운영한다. 방학이지만 장애 학생들이 갈 만한 학원이나 놀 만한 공간이 부족하다. 그래서 교육청 지원을 받아 학교에서 '계절제 학교'라는 시스템을 운영한다.

　정인이가 대학 1학년 여름 방학에 계절제 학교 자원봉사자로 왔다. 휠체어 생활을 하는 정인이는 대학에서 자신을 도와주는 친구들과 함께 왔다. 소식을 듣고 염려되는 부분이 있었다. 정인이가 들어가는 반 아이들은 모두 신변처리와 식사 활동 등에서 도움이 필요한 아이들이다. 정인이가 다른 봉사자들만큼 도움을 줄 수 있을까?

기우였다. 정인이는 자신이 할 수 있는 일에 최선을 다했다고 한다. 아이들 관점에서 어떤 도움이 필요한지를 누구보다 잘 알았다. 세세한 부분을 알아서 직접 도움을 주거나 친구나 선생님께 말을 해서 적절한 도움을 주었다. 그리고 사범대학생답게 선생님 역할을 눈여겨보며 선생님께도 도움을 준다는 이야기를 그 반 선생님을 통해 자주 전해 들었다. 무엇보다 책임감 있고 성실했다. 내가 그동안 자원봉사자들이 오면 강조하는 부분이다. 성실과 책임감. 처음에는 도움도 주고 나도 성장하자는 마음으로 자원봉사 활동을 나오지만, 지각하고 연락 없이 안 나오는 학생들이 더러 있었다.

특수교사가 꿈인 정인이! 꿈을, 삶을, 건강을 잘 가꾸어 가길 응원한다.

자신이 좋아하는 일을 끙끙대며 하는 아이들을 바라볼 때 교사로서 행복하다. 지적장애 아이들 글공부는 가정과 연계되었을 때 효과가 잘 나타난다. 학습의 지속성을 위해 가정 연계의 필요성을 이야기하여 학부모에게 협조를 요청한다. 숙제로 내준 단어를 익혀 와서 확인을 받는 아이가 있었다. 시력이 안 좋아서 글자 크기가 70포인트는 돼야 보고 읽을 수 있다. 글자를 쓸 때면 받침 있는 한 음절을 쓰는 데 약 1분이 걸린다. 힘들 것 같다. 그런데 단어 익히기 숙제를 좋아한다. 학교에 오면 숙제한 것을 확인하고 칭찬 글을 써 준다. 아이는 이 과정에서 성취감을 느낀다. 그렇게 한 글자 한 글자를 익혀 문장을 쓰게 된 아이들이 있다. 대견하고 기특할 뿐이다. 글을 쓰는 아이들을 보면 힘을 주느라 얼굴은 찡그리고 시력이 안 좋으니 이마는 책상을 찧는다. 그렇게 한 단어를 쓰고 나면 고개를 들며 힘들다고 한다. 그리고선 또 쓰기 시작한다.

　내가 소중히 간직하고 있는 친정엄마 유품이 있다. 당시 2만 3천 원을 주고 산 시계다. 친정엄마는 넷째 동생이 대학생이 될 때까지 한글을 몰랐다. 나처럼 엄마도 6남매 중 큰딸로 태어났다. 아버지 없이 살림을 꾸리시는 할머니를 돕느라 글을 배우지 못했다. 글을 배우지 못한 한을 여러 번 말씀 하셨다.

　"야학당에 3일만 다녔어도 글을 배웠을 텐데"

　대학생이 된 넷째 동생이 어느 해 겨울 방학에 엄마 글공부를 위해 노트를 사서 고향에 내려왔다. 그해 엄마는 떠듬떠듬 나에게 글을 읽어 보이셨다. 파란색 노트 한 권이 있다. 그 안에는 꾹꾹 눌러쓴 동네 사람들 이름과 전화번호가 있다. 다음 해 엄마는 보란 듯이 시계를 찼다. 엄마의 삶에서 그해 겨울은 어느 해보다도 따뜻하고 행복한 겨울이었으리라. 여동생이 기특하고 고맙다.

　요즘 특수학교에 입학하는 학생들은 중증 중복 장애 학생들이 많다. 주로 언어장애와 지적장애를 동반하고 있다. 이런 경우 글을 익히는 데 어려움이 많다. 그런데도 글을 하나하나 익힌 아이들은 그 기쁨과 행복과 실용성을 알고 행복해한다. 단어 하나로 행복을 맛본 아이들은 오늘도 연필을 쥐고 온 힘을 다해 글을 쓰고 있다.

03

내가 원하는 건

세상일은 남의 일과 내 일로 나뉜다. 기쁨과 슬픔은 내 경험 여부에 따라 크기가 다르다. 장애 학생을 대하는 시선도 둘로 나뉜다. 장애 학생에게 먼저 다가오는 사람들은 자신 주변에 장애가 있는 사람이 있는 경우가 많다. 두세 번 만나면 오래전부터 알고 있었다는 듯 반기기도 한다. 장애인을 직접 만나 본 경험이 없는 사람들은 선뜻 다가오지 않는다. 한 발짝 떨어져서 인사를 나누거나 이야기를 한다.

나이가 차자 주변에서 선을 주선했다. 가까운 사람의 부탁을 거절할 수 없어서 자리에 나갔다. 결혼할 마음이 없어서 상대방을 그리 눈여겨보지 않았다. 다시 만나고 싶은 마음이 없다. 소개해 준 사람에게 이야기해야겠는데 마땅히 핑곗거리가 떠오르지 않았다. 그래서 그냥 첫인상이 마음이 들지 않는다고 말했다. 그랬더니 나를 훈계한다.

"사람을 한 번 보고 어떻게 아느냐, 두세 번 만나면서 이야기를 해 봐야 알지!"

맞는 말이다. 한 번 본 인상으로 사람을 판단하는 것은 성급하다.

내가 장애 학생을 처음 만난 건 대학 1학년 3월이다. 대학은 특수학교와 운동장을 공유하고 있었다. 동기 3명과 수업을 마치고 강의실을 내려왔다. 음료를 마시기 위해 자판기 앞으로 다가갔다. 자판기 앞에 웬 덩치 큰 남학생이 서성거린다. 터벅터벅 걷는 걸음걸이와 인상이 우락부락하다. 살짝 긴장했다. 가까워져서 자세히 보니 발달장애 학생이다. 대학을 졸업하고 특수학교 교사가 되면 만날 아이다 생각하니 반가웠다. 고등학생 같았다. 하교 시간이 지난 것 같다. 음료를 뽑아서 돌아서는데 누굴 부르는 소리가 들린다.

"아줌마!"

우리는 동시에 뒤돌아봤다.

"아줌마, 콜라!"

주위에 우리 말고 아무도 없다. 설마, 당시 34살이었던 나는 설마, 나를 부르는 걸까? 설마 했다.

설마가 나를 잡았다. 나름 동안이라 자부하며 14살 어린 동기들과 나이를 잊고 함께 지내고 있었는데 학생이 나를 보고 아줌마라고 불렀다.

"혹시, 나를 불렀니?"

"네"

"얘, 나 아줌마 아니야, 그리고 콜라 얻어 마시고 싶으면 누나라고 불러야지!"

"에이, 누나는 저 사람이고, 아줌마는 아줌마잖아요"

사실을 보는 눈이 명확하다. 아무리 젊게 가꾸어도 동기들과의 14

년 차이를 극복할 수 없었다. 그 후로 자판기 앞에서 몇 번 더 봤다. 발달장애 학교를 졸업했다는 것을 나중에 알았다. 볼 때마다 간단한 이야기를 나누었다. 체격 크고 우락부락한 인상 때문에 멈칫했던 첫 만남을 떠올리며 웃었다. 실제는 순박하고 재미있는 이야기를 좋아하며 콜라를 좋아하는 졸업생이었다.

장애 학생들은 자신이 원하지 않았지만, 장애를 갖게 되었다. 남들보다 배우는 데 시간이 오래 걸린다. 그렇다고 "바보야"라고 놀리면 아이들은 상처를 받는다. 아이들 마음은 비장애 아이들과 똑같다. 사랑받고 싶고, 화장하고 싶고, 연예인을 좋아하고, 그리고 상처도 받는다.

장애 학생의 성장을 지켜보고 함께 응원하는 부모와 가족, 선생님들이 있다. 한발 한발 앞으로 내딛는 아이들의 노력을 알고 있다.

밥알을 흘리지 않고 먹기 위해 숟가락을 잡고 연습하는 학생을 보고 뭐라고 말을 해 주면 좋을까? 단추 끼우는 방법을 몇 달째 익히고 있는 아이에게 차라리 단추 없는 옷을 입으라고 말할 수 있을까? 한 걸음 더 내딛기 위해 노력하는 아이들에게 마땅히 칭찬과 격려로 용기를 보내줘야 하지 않을까?

마음이 따뜻한 사람들이 있다. 나이는 스무 살인데 아직 어린이로 머물러 있는 장애 학생을 만나면 안쓰럽게 여기는 마음을 눈빛에 묻어낸다. 시각장애 학생을 길에서 만나면 저렇게 가다 부딪쳐 다치기라도 하면 어쩌나 하는 마음에 눈에 보이지 않을 때까지 바라본다.

휠체어를 탄 사람이 작은 문턱을 넘어가기 위해 애를 쓰고 있다.

"저, 제가 도와드려도 될까요?"

"네 감사합니다."

뒤에서 살짝 밀어주니 휠체어가 문턱을 넘는다. 지팡이로 바닥을 이리저리 툭툭 두드리며 길을 가는 시각장애인이 있다. 복잡한 길은 아니지만 주차된 차들이 많아서 위험해 보인다. 자칫 부딪쳐 넘어질까 걱정되고 혹 지팡이가 차를 긁어 흠집이라도 낼까 걱정된다.

"길이 복잡한 데 제가 가는 곳까지 안내해도 될까요?"

"네 감사합니다."

길을 가다 도움이 필요해 보이는 사람을 만나면 도와줘도 되는지 물어보고 도와주면 된다. 말소리를 듣지 못하는 사람을 만나면 펜을 꺼내 종이에 쓰면서 대화를 하면 된다. 스마트폰에 글을 써서 '어떤 도움이 필요한지' 물어봐도 된다.

몇 해 전 부산 내려가는 길에 온양 휴게소를 들렀다. 마침 공사를 하고 있다. 간이화장실 가까이에는 임시로 마련해 놓은 장애인 전용 주차 공간이 있었다. 이곳에 주차한 장애인 차 한 대가 내려가질 못하고 있다. 내려가는 입구에 누군가 가로질러 차를 주차해 놓았다. 보행이 어려운 운전자에게 주차된 차량 핸드폰 번호를 불러주고 휴게실을 다녀왔다. 그때까지도 주차한 차량 주인은 오지 않았다. 한참 후 젊은 남녀가 왔다. 저 위에 주차한 차가 있는데 입구에 차를 대 놓고 가면 어떡하느냐고 했더니 대충 고개만 까딱하더니 차를 타고 가버린다. 미안하다 죄송하다 말도 없이. 그 태도에 나도 화가 났다. '이해하세요. 부끄럽고 무안해서 얼른 가는가 봅니다.' 어이없어하는 차량 운전자에게 말했다.

아파트에 사는 우리 반 학부모가 몹시 흥분해서 이야기를 들려준다. 학부모는 아파트 장애인 주차공간에 주차한다. 장애인 주차공간은 뇌 병변 딸아이를 안고 엘리베이터까지 갈 수 있는 최단 거리다. 그런데 어느 날부터인가 이곳에 비장애인이 주차한다고 한다. 전날도 학부모는 어쩔 수 없이 멀리 떨어진 장소에 주차하고 엘리베이터까지 딸아이를 안고 한참을 힘들게 갔다고 한다. 그곳에 차를 주차하는 입주자를 만나 이야기를 했지만, 대화가 안 된다며 상기돼서 나에게 이야기를 한다.

수업 시간에 '장애인 주차공간'에 대한 이야기가 자연스럽게 나왔다. "나를 안고 가는 엄마의 거친 숨소리를 들으면 엄마에게 미안한 생각이 든다. 내가 건강했으면 엄마가 덜 힘들 텐데."라고 말하는 아이 마음이 느껴졌다. 책을 펼쳤지만 자연스럽게 '장애'에 대한 이야기를 나누게 됐다. 한 아이가 외출했을 때 무안할 정도로 쳐다보는 사람들의 시선이 제일 불편하다고 한다. 아이들은 '맞다'라며 격한 공감을 하며 서로 자신의 경험을 이야기한다.
아이들에게 물었다.
"사람들이 어떻게 대해주면 좋을까?"
한 아이가 야무진 표정으로 대답한다.

"내가 원하는 건 딱 하나예요. 그냥 일반 학교에 다니는 얘들처럼 우리도 그렇게 대해줬으면 좋겠어요. 그러면 정말 행복한 마음이 생길 것 같아요."

04

수양이 오버 됐어

"언니, 특수학교 선생님 하더니 수양이 오버 됐어."

"응? 그게 무슨 말이야?"

"언니 옛날에 정말 무서웠는데, 지금은 천사처럼 부드럽잖아"

"형님, 다시 한번 생각해보세요, 처형, 지금 모습이 다가 아닙니다."

"아니, 제부, 무슨 말씀을 그렇게 하세요, 제가 노처녀로 살길 바라는 건 아니죠!"

여동생과 제부가 결혼을 며칠 앞둔 나를 놀린다. 동생들 어렸을 때 내가 조금 강한 모습을 보인 것 같다. 초등학교를 졸업하자마자 사회생활을 하다 보니 나를 지키기 위해 길러진 강하고 거친 무엇이 있었나 보다. 명절이면 서울에서 내려오는 큰언니! 말이 없고 웃음도 별로 없다. 때론 말을 안 듣는다며 혼내기도 하고, 동생들 눈에 무서운 큰

언니로 각인되었다는 것을 나중에 알았다.

자칭 타칭 내 별명은 '미소 천사'다. 이렇게 예쁜 별칭을 불러준 사람은 같이 근무한 선생님이다. 고백하건대 내 미소는 학교에 근무하면서 장착하게 된 미소다. 영업용 미소랄까? 아무튼 '미소 천사'라고 불러준 선생님 덕분에 '나는 미소가 아름다운 사람이다'라고 생각하며 지내게 되었다. 생각은 변화를 가져왔다. 물론 생각만으로 변화가 일어난 건 아니다.

학교는 나를 미소 짓게 만드는, 나를 사랑한다는 아이들이 있다. 집에 가면 "이 세상에서 엄마가 제일 좋아"라며 내 목을 꼭 끌어안는 애교쟁이 딸아이가 있었다.

기억을 떠올려보면 20대의 나는 과묵한 사람이었다. 그 시절은 웃음이 많이 없었다.

지난 1월 '인도 원정대' 깃발을 들고 인도를 다녀왔다. 16명의 현직 선생님들과 함께했다. 정확히는 14명의 못 말리는 열정 넘치는 현직 선생님과 수줍음이 매력인 영상 전문가, 그리고 국문학을 전공하는 예쁜 대학원생 한 명이 함께했다. 내 인생 두 번째 여행이다.

푸른 빛 조드푸르와 갠지스강에서 바라본 바라나시, 영원한 사랑이 숨 쉬고 있는 아그라, 네루대 한국어학과 학생들과 함께한 뉴델리. 여정을 함께한 선생님들.

인도 가슴앓이를 하며 사람들이 왜 '인도를 한 번도 안 가 본 사람은 있어도 인도를 한 번만 다녀온 사람은 없다'라고 말하는지 가슴으로 느끼고 있다. 한 번은 꼭 더 가고 싶다.

고래 학교에서 인도 원정대 3기를 모집한다는 말을 듣는데 가슴이 두근거렸다. 며칠 고민을 하는 동안에도 이미 마음은 인도에 가 있었다. 비용과 일정이 고민되었지만 '이번에는 나만 생각하자'라는 생각이 나를 부추겼다. 용기를 내 합류했다. '열여섯 살의 나를 만나러 가자'라고 제목을 붙여 무서운 비행기를 9시간이나 타고 인도에 갔다.

그동안 살면서 항상 꿈꿔왔던 일이 있다. 기회가 된다면 꿈꾸는 것을 멈췄던 열여섯 살의 나를 만나 위로해 주고 싶었다. 그 장소는 인도 갠지스강이나 티베트의 어느 고원이어야 한다고 생각했다. 서서히 마음을 닫고 허한 시선으로 세상을 살아온 것 같다. '당신은 사랑받기 위해 태어난 사람' 흔한 노래 가사 한 소절을 나에게 들려주고 싶었다.

빛날 수 있었던 시절을 웃음기 없이 지내왔던 내가 미소 천사로 거듭났다. 별칭을 만들어 준 선생님께도 감사하다. 무사히 지나온 시간도 고맙다. 무엇보다 특수교사가 되어 아이들을 만난 것에 감사하다. 힘들 것 같다는 특수교사 생활이 나는 참 좋다.

거제도에 가면 몽돌해수욕장이 있다. 해수욕장 이름에서 알 수 있듯 그곳에는 몽돌이 있다. 모나지 않고 동글동글한 몽돌은 보기에도 참 예쁘고 사랑스러운 느낌마저 든다. 몽돌 하나를 우리 집 거실 책장에 올려놓고 싶다는 생각이 들었다. 몽돌이 예뻐서 하나둘씩 가지고 가나 보다. 몽돌을 가져가지 말라는 경고문이 있다.

처음부터 몽돌은 아니었다. 바위에서 떨어져 나온 돌멩이는 모가 많이 나 있다. 세월이 지나면서 파도에 깎이고 햇살에 부서지며 동글동글한 모양으로 만들어진다고 한다. 그저 자연의 흐름에 몸을 맡긴

채 세월을 보내니 모난 곳이 부드러워졌다. 내 삶을 가만히 되돌아보니 몽돌과 별반 다르지 않다.

특수교사가 되어 장애학생과 생활하면서 세상을 바라보는 눈과 마음이 달라지기 시작했다. 강해야 살아남는다는 삶에 대한 태도가 조금씩 변하기 시작했다. 딱딱하기만 했던 마음도 서서히 부드러워지고 타인을 마주할 마음의 공간도 생기기 시작했다. 사람과 삶을 바라보는 내 태도가 아이들과 함께 생활하면서 깨지고 부서지고 다시 더해지기를 반복했다.

나는 가치 있는 삶을 추구한다. 스스로 가치 있다고 판단되는 일을 하고 나면 행복하다. 힘들게 10시간을 보내더라도 그 과정에 단 5분이라도 가치 있는 시간이 있었다면 그만이다. 나의 지식과 삶의 경험들이 더해져 아이들에게 전달된다. 아이들에게 조금이라도 변화를 줄 때 특수교사로서 나의 삶은 더없이 행복하다.

뇌전증으로 대발작을 하는 아이를 볼 때면 종일 마음이 착잡하다. 교육이 무슨 소용이람, 평소에 아이와 나눴던 많은 것들이 건강 앞에 무슨 소용이 있는지. 동료들과 뇌전증을 앓고 있는 아이 이야기를 나누며 힘이 빠져있다. 수업 시작을 알리는 벨이 울리면 교실에 있는 아이들을 떠올리며 힘내자고 억지로 웃음을 짓는다. 교실 문 앞에서 숨을 크게 한 번 고르고 문을 연다. '미소 천사'로 돌아간다.

"얘들아, 안녕!"

"선생님, 안녕하세요!"

나는 학교가 좋다. 아이들을 만나는 게 좋다. 공부를 싫어하는 아이들도 있다. 고민한다. 어떻게 해야 배움의 기쁨을 알 수 있을까? 계기를 어떻게 만들어 줄까? 성공은 반반이다. 생각을 짜내고 동료 교사의 조언을 얻어 배움의 길로 이끌어본다. 역시 아니다. 잠깐 반짝하고 만다. 배우는 것을 좋아하는 아이를 만나면 1년이 행복하다. 수업 준비가 재미있다.

　업무가 며칠 동안 바쁠 때가 있다. 수업 준비가 제대로 안 된다. 그런 날은 괜히 짜증이 나고 수업도 재미없다. 문을 닫고 나오는 내 뒤통수가 부끄럽고 화가 난다. 찝찝한 마음으로 며칠을 보내며 수업 준비를 잘하자고 마음먹는다. 그러나 다음 해 또 같은 일이 반복되기도 한다.

　아이마다 배움의 시작점이 다르다. 배움의 속도도 제각각이다. 흔히 말하는 문제 행동도 제각각이다. 특수교육이 개별화 교육을 하는 이유다. 6명 아이 모두에게 미안한 마음이 들 때가 있다. 생활지도와 학습 지도 부분에서 충분하지 못했던 순간만 떠오른다. 하필 이런 마음일 때 '선생님, 사랑해요'라는 문구가 들어간 카드를 받는다. 대충 만든 것 같지만 최선을 다했다는 것을 곳곳에서 발견한다. 아이가 직접 만든 카드, 선생님과 함께 만든 카드, 아이가 글자를 꼭꼭 눌러서 따라 쓴 카드를 발견하기도 한다. 또 감동한다.

　나이 들어가면서 그냥 잘 웃는다. 파안대소하고 나면 가슴에 뭉친 스트레스 덩어리들이 다 터져 나가는 느낌이다. 실제로 어깨가 시원하고 몸이 가볍다. 요즘은 내 손으로 양어깨를 쓰다듬으며 나 자신에게 격려하고 용기 주는 말을 자주 한다.

잘한 일은 "호숙아, 참 잘했어, 최고야!" 하고 쓰담!

힘든 일이 있을 때는 "호숙아, 오늘 힘들었지!" 하며 쓰담!

무심코 거울 속의 비친 나를 바라볼 때면 "호숙아, 예뻐, 사랑해!" 하며 하트를 보낸다.

이렇게 변하고 있는 내 모습이 좋다.

강하고 거칠고 고집 있던 나는 특수교사가 되고 나서 부드러운 미소 천사가 되었다. 특수교사를 하며 삶을 더 소중하게 생각하게 되었고, 사랑스럽게 여기는 마음이 생겼다.

'수양이 오버 된 사람' 이 말이 마음에 든다.

05

함께 가자

3월이다. '3월'이라는 단어가 주는 힘이 좋다. 아침에 일어나 창문을 연다. 아직은 쌀쌀한 아침 기온이지만 시원함이 느껴진다. 유리컵에 담긴 부드러운 라테를 한 모금 마신다. 하루가 시작됐다. 인도 여행을 다녀온 후 30년 넘게 마셔온 커피믹스를 끊고 라테를 마시기 시작했다. 달콤한 설탕이 빠져 싱거울 것 같았던 라테는 부드러워 생각보다 목 넘김이 좋다

오랫동안 함께 지낸 동료 교사들이 있다. 내 나이 또래 선생님들은 관리자가 되었다. 14년 나이 차이가 있는 대학 동기들은 학교에서 중요한 업무를 보며 멘토 역할을 하는 선생님이 되었다. 이들 모두가 20년 차 특수교사인 내 삶 여기저기 한 편에 자리하고 있다.

2017년 수능을 이틀 앞둔 저녁. 퇴근길 버스 정류장에 가기 위해 시장을 지나고 있는데 천둥 치는 소리가 들렸다. 지진이다. 다음날 교

육청에서 점검차 나온 장학사와 함께 PPT를 보며 점검을 하고 있었다. 순간 흔들림을 감지한 우리는 누가 먼저 앞설 것 없이 밖으로 뛰쳐나왔다. 매년 지진대피 훈련을 하였지만, 실제 지진이 발생하니 혼이 반쯤 나간 것 같다. 잠시 후 서로 점검을 했다. 모두 슬리퍼에 손에는 달랑 볼펜과 휴대전화만 있다. 뭐라도 손에 잡히는 대로 들고 나왔어야 했나? 수능이 연기됐다. 동료 교사와 커피를 마시며 지진이 일어났던 날의 이야기를 하는데 문득 만약 지진으로 주거지가 불안전할 때 커피믹스가 없다면 어떻게 될까? 커피 없이 하루를 보낼 수 있을까? 하는 생각이 들었다. 매일 하루 3잔에서 많게는 7잔의 커피믹스를 마셨다.

건강이 나빠진 것도 아닌데 30년을 마셔왔던 커피믹스를 끊었다는 말에 주변에서 신기해한다. 나도 신기하다. 커피믹스를 마시지 않아도 하루를 잘 보낼 수 있다니.

새해가 되면 실천하고 싶은 두 가지를 해마다 계획한다. 책 2주일에 한 권 읽기, 6월까지 살 5킬로그램 빼기. 번번이 실패한다. 살찐 사람들을 이해 못 하던 시절이 있었다. 몸을 왜 저렇게 관리를 안 할까?

40이 넘어가며 이곳저곳 몸이 아프기 시작했다. 몸에 좋다는 약은 싫다 않고 먹었다. 몸이 아프니 모든 게 귀찮았다. 가족을 챙기지 못하니 미안하고 무엇보다 아파서 괴로웠다. 학교에서는 티를 낼 수가 없었다. 39살에 정식이 된 나는 당시만 해도 이런저런 눈치를 보며 지냈다. 건강 회복을 위해 보약을 먹기 시작하면서 살이 찌기 시작하더니 건강검진에서 과체중이라는 말을 듣게 되어 실소했다. 그 후로 지금까지 새해가 되면 다이어트 계획을 세운다. 책 읽기는 다행히 실천하고 있다.

2020년 계획에는 하나를 더 추가했다. '내가 먼저 다가가며 지내자!'이다.

살아가면서 여러 사람을 만난다. 그중 몇 마디 나누지 않아도 느낌이 잘 통하는 사람을 만날 때가 있다. 눈빛만 봐도 공감이 된다.

나는 사람 챙기는 것을 잘 못 한다. 상대방에서 연락을 취해 오면 관계가 잘 유지된다. 그러다 사는 공간이 달라지면서 연락이 끊기는 경우가 있다. 가끔 상대방이 연락해 오면 관계가 이어진다. 문제는 내가 연락을 잘 하지 않는다는 사실이다. 그렇게 관계가 끊어지면서 소식을 알지 못하면 그때부터 그리워한다. 그래서 나는 늘 누군가를 그리워하면서 산다. 이제 내가 먼저 다가가려고 한다. 사람관계란 것이 쌍방향이 되어야 유지되는데 나는 이런 진리도 모른 채 살아왔다. 가까운 사람들에게 최선을 다하지 못했다.

몇 달 지나지 않았지만, 올해는 소중하게 여겨지는 사람에게 먼저 다가가는 실천을 하고 있다. 흔한 말로 좋은 사람들을 관리하며 산다. 내 인생에서 손꼽히는 용기 있는 행동 중 하나다. 날이 좋은 날은 차 한잔하자고 먼저 연락을 한다. 문득 생각나면 바로 전화한다.

특수학교에 근무하면서 좋은 사람들을 많이 만났다. 힘들어 보인다고 차 한잔 사 주며 위로해 주는 선생님, 곤란할 때 슬쩍 조언해 주는 선생님. 위로 문자 한 번 보냈는데 감사하다며 커피믹스를 사 들고 오신 선생님.

2018년 10월 어느 날, 가을 정취 때문인지 잠이 오지 않아 괜스레 편지함을 열었다. 이날은 부산 ○○대 병원에서 근무할 때 언니 동생 사이로 친하게 지냈던 영아 편지를 읽었다. 내가 폐결핵임을 알게 되어 병원을 그만둔 후 주고받은 편지다. 편지를 읽으며 그 시절 추억들이 떠올랐다. 보고 싶다는 생각에 컴퓨터를 켜고 영아 이름을 검색했다. 당시 만화가로 데뷔를 했었다는 기억이 떠올랐다. 새벽 5시까지 온갖 키워드로 영아의 흔적을 찾아 검색했다. 다음날 퇴근 후 다시 검색을 시작했다. 검색한 지 1시간이 지날 때쯤 동화 작가로 활동하고 있는 영아 사진을 발견했다. 오, 감사합니다. 부산 어느 도서관에서 겨울 방학 특강으로 지역 작가와의 만남을 홍보하는 광고를 찾았다. 도서관에 내 연락처를 남겼다. 동아대 병원에서 함께 근무하던 언니라는 메모를 꼭 전해주길 부탁했다. 연락한 지 1시간이 조금 지나 낯선 전화번호가 뜬다.

"여보세요, 혹시 부산 ○○대 병원에 근무하던 호숙 언니!"

"어, 영아? 영아야?"

"어, 하하하 호숙 언니 맞네."

23년 만에 영아를 다시 만났다. 겨울 방학에 부산역에서 만난 영아는 여전히 귀엽고 통통 튀는 밝은 에너지가 있다. 전포동 한 음식점에서 목이 아플 만큼 이야기를 나눴다. 밤늦게 대구로 오는 기차를 탔다. 영영 그리워만 하며 살 줄 알았던 영아를 만났다는 기쁨에 마음이 벅찼다. '호숙아, 참 잘했어.' 우리는 딸이 한 명씩 있는 엄마가 되었고 동화 작가와 특수교사가 되었다. 학생들에게 이야기했더니 영화 같은 일이라며 한 아이가 말한다.

"훗날 너희들도 좋은 사람들과 연락이 끊기거든 포기하지 말고 찾아봐!"

코로나 19로 대구가 핫 플레이스가 되어 버렸다. 영아는 걱정이 돼서 자주 안부를 물어온다. 인생 후반의 삶에 들어온 얼굴도 마음도 예쁘고 사랑스러운 영아가 있어서 참 좋다.

우리 동기들은 대구지역에는 몇 명 없다. 전국 특수학교와 특수학급에 흩어져 근무한다. 심지어 제주도에서도 근무한다. 대학 4년 동안 동기들과 지내면서 그런 생각을 했다. '특수교육과에 들어온 학생들은 본 심성이 다르구나!' 따뜻한 마음에 생각도 깊고 미래를 준비하는 모습이 대단해 보였다. 지금은 대구에 있는 동기들만 한 번씩 만나 이야기를 나누며 지낸다. 졸업한 지 20년 세월이 흘렀다. 졸업 이후 한 번도 보지 못한 동기들이 대부분이다. 보고 싶다. 이제 중·고등학생을 둔 엄마 아빠가 된 동기들을 만나서 그동안 살아온 이야기를 나누고 싶다.

TV에서 장애 학생들을 괴롭힌 사람들에 대한 불편한 이야기가 나온다. 동료들과 모두 일어나지 말아야 하는 일들이 일어난 상황에 대해 말없이 차 한잔을 나눈다. 말하지 않아도 현 사태에 대한 많은 심정이 오고 간다. 무거운 마음을 나눈다.

사립학교라 가족과 지낸 시간만큼이나 동료들과 함께한 시간도 많다. 오랫동안 함께하다 보니 척하면 척이다. 아이들에게 헌신하며 참교육의 길을 걷는 선생님과 차 한잔을 나누고 있다. 다들 선생님 이야기를 경청한다. 실천하는 이야기를 새기는 것 같다. 주변에 훌륭한 선생님이 계신다는 건 행운이다. 새로운 교육 방법이 나오면 먼저 배워 실천하는 선생님, 자신이 가진 비결을 아낌없이 공유하는 선생님, 동료의 아픔을 함께 나누는 선생님.

초임 시절, 특수교사는 외롭다는 생각을 했다. 학급수가 적으니 동 교과목에 대해 의논할 사람이 없었다. 시행착오를 줄이기 위해 논문을 찾고 인터넷을 뒤적이며 배우는 속도가 느린 아이들에게 적용할 방법을 찾곤 했다. 가장 훌륭한 배움 매체는 함께 일하는 동료 교사다. 일주일을 혼자 고민한 일이 있다. 일이 다 끝난 다음에 동료 교사에게 이야기를 털어났다. 동료 교사는 내 이야기를 듣더니 나와 비슷한 경험을 들려준다. 아, 진작 의논해 볼걸! 함께 공감할 수 있는 동료가 있어서 위로되고 좋다.

교무실에 있으면 그날 하루 학교생활 중 쟁점이 된 이야기들이 나온다. 이야기를 나누며 공감을 하고 해결방법을 찾기도 하고 좋은 내용은 함께 공유한다. 서로 힘이 되고 위로가 되는 동료 교사들이 있어 좋다. 벚꽃이 시작되기 전에 코로나 19가 사라지기를 바랐으나 이미 벚꽃은 졌다. 사상 초유의 온라인 개학을 했다. 장애 학생 온라인 수업의 어려움이 연일 뉴스에 나온다. 우리 학교 학생들 상황에 적절한 온라인 수업 방향과 방법을 논의하며 힘을 모았다. 희망에 따라 온라인수업과 순회교육을 하고 학습꾸러미를 준비했다. 우리는 이 어려움을 함께 헤쳐나가는 특수교사다.

06

개인의 관심이 사회를 변화시킨다

'차별은 내려놓고 차이를 존중하는 우리'

4월 20일 장애인의 날이다. 1981년 장애인의 날이 제정되고 어느덧 40주년을 맞이했다. TV를 켜니 유명연예인들이 '장애인의 날' 국민 참여 슬로건 홍보 캠페인에 참여하고 있다. 공모전을 통해 선정된 슬로건이 눈에 띈다. '차별은 내려놓고 차이를 존중하는 우리'. 누리꾼들이 '차이를 존중하는 우리, 우리가 나아가야 할 길이네요'라고 반응을 보였다는 내용도 전하고 있다. '장애인의 인권과 복지가 선진국의 척도다. 그 사회의 수준을 가늠한다.'라고 모두 한목소리로 이야기한다. 장애인에 대한 인식과 태도를 바꾸자고 목소리를 낸다.

우리 학교 화장실에 이런 글귀가 있다.

'시도, 죽이 되든 밥이 되든 생쌀보다 낫다.'

아무것도 안 하는 것보다는 시도를 하면 최소한 생쌀보다는 낫다.

하다못해 죽이라도 된다. 장애인의 날에는 대부분 학교에서 장애인에 대한 인식 개선과 장애체험을 한다. 의례적인 행사든 어떻든 간에 행사 내용을 통해 한번은 장애인의 삶에 관심을 기울일 수 있다. 장애 학생은 일상생활에 어떤 어려움이 있는지, 학교생활을 어떻게 하는지, 장애를 어떻게 딛고 일어서는지, 불편한 몸으로 생활은 어떻게 하는지, 어떤 어려움이 있는지, 어떤 도움이 필요한지.

장애인의 날 일반 학교에서 하는 체험 활동 중 가장 눈에 띄는 것이 시각장애 체험과 지체장애 체험이다. 이 또한 일 년에 한 번 하는 행사지만 대부분은 빠트리지 않고 실시한다. 학교는 이 행사를 통해 학생들이 이웃에 관한 관심과 배려 등 인성덕목을 키우기를 바란다. 눈에 안대를 하고 친구의 안내에 따라 보행을 하는 체험은 처음 하면 긴장되고 무섭다. 다음에 하면 잘할 것 같다. 이런 경험을 한 학생이 학교 간 통합교육 경험을 하게 되면 또래 장애 학생에게 자연스럽게 관심을 둔다. 학교 간 통학교육 활동 차 특수학교에 한 번 왔다 간 학생에게 가끔 글을 받아 본다. "학교에 오기 전에는 장애인 하면 무섭기도 하고 낯설었는데 이야기를 해 보니 마음이 따뜻하다. 착한 언니 같다."라며 소감문을 보내온다. 확실한 건 이제는 무섭지 않고 이야기를 할 수 있게 되었다는 것이다.

장애인 시설이나 복지관에서 자원봉사 하는 학생들이 있다. 이런 경험이 바탕이 되어 대학에서 사회복지나 특수교육을 전공하는 학생을 몇 명 봤다. 자원봉사 활동을 하면서 관심을 두게 되었다고 한다. 특수학교 선생님은 공감 능력이 남다르다. 기질적으로 어려운 이웃을 모른 척하지 않고 남을 잘 돕는다. 바쁜 출근길이지만 무거운 짐을 들고 가는 할머니를 보면 그냥 지나치지 못한다. 어쩌다 그냥 지나치게 되면 며칠 동안 마음이 편하지가 않다.

직무연수로 직업 관련 집합 연수를 갔다. 공예를 신청했는데 특수학교에 계시는 선생님이 강사다. 퀼트를 배웠다. 초급과정을 배우니 재미가 쏠쏠하다. 연수를 마치고 동네에 퀼트 숍이 있다는 것을 알게 되었다. 중급 과정 수강을 했다. 퀼트는 색색의 천을 잘 어울려 놓으면 멋진 작품이 된다. 천은 묘하게 안정감을 준다. 어린 시절 마루에 앉아 다듬이질하던 엄마 모습이 떠오른다. 한 땀 한 땀 바느질을 하다 보면 시간 가는 줄 모른다.

퀼트 강사가 내가 특수교사라는 사실을 알았다. 토요일 오후, 오랜만에 퀼트 숍에 갔다. 몇 번 얼굴을 마주친 적이 있는 한 사람이 나에게 말을 시작한다.

어느 날, 작은 유리 조각에 발바닥이 찔렸다. 살짝 찔렸는데 통증이 있다. 뛸 수가 없다. 유리에 찔리지 않은 반대쪽 발에 힘을 주고 걷다 보니 근육통이 생겼다. 씻는 일부터 출근하는 일까지 불편하기가 이루 말할 수 없다. 며칠을 그렇게 지내다 보니 괜히 가족들에게 짜증을 냈단다. 그러다 문득 내가 떠올랐고 연상 작용으로 장애인은 정말 힘들겠다는 생각이 처음으로 들었다고 한다. 그 뒤로 길거리에서 지팡이를 짚고 길을 가는 시각장애인을 마주친 일이 있었는데 한참을 어쩔 줄 모르고 바라보고만 있었단다. 어디까지 가는 걸까? 안 보이는데 지팡이 하나로 갈 수 있나? 용기를 내서 물어봤단다.

"어디까지 가세요? 제가 좀 모셔다드릴까요?"

지하철을 타러 간다는 말에 안전하게 모셔 드리고 왔다며 상기된 얼굴로 이야기를 한다. 물어보고 도와드린 건 잘했다고 말해줬다. 퀼트는 중급까지 배우고 더 이상 배우지 않았다. 더 이상 그분을 만나진 못했지만 지금도 도움이 필요한 장애인을 만나면 따뜻하게 행동하고 있을 것 같다.

한 노교수님께서 수업 시간에 가끔 이런 말씀을 하셨다.

> "일반 사람을 기준으로 해서 시설을 만들면 일반 사람만 편하지! 그런데 장애인이 다니기 편하도록 시설을 만들면 장애인도 편하고 노인도 편하고 어린이도 편하고, 그래서 결국은 모든 사람이 다 편한 세상이 되지!"

우리 사회에 그런 변화가 올까? 수업을 마치고 동기들과 그런 의문을 가졌다. 교수님 말씀을 들은 지 24년이 흘렀다. 장애인을 바라보는 인식의 변화와 장애인을 위한 편의시설을 갖추는 곳이 많아지고 있다. 유니버설 디자인(universal design)에 관한 관심이 높아지는 것도 같은 맥락이다. 디자인할 때 성별, 나이, 국적, 문화적 배경, 장애의 유무에 상관없이 누구나 손쉽게 쓸 수 있는 제품과 사용 환경을 만드는 것이다.

장애인에 대한 인식 변화는 관심과 배려에서 시작된다.

'나만 편하면 돼!'가 아닌 '모두 함께 편한 세상!'을 만들어 가는 사람들이 많다. 인터넷 쇼핑몰에서 물품을 구매하기 위해 검색을 했다. 예쁜 디자인이 많았지만, 유니버설 디자인만 따로 모아 판매하는 사이트가 있어서 들어가 봤다. 종류는 많지 않았지만, 누구라도 사용하기 편리하게 디자인된 점이 눈에 띈다. 통합검색을 해서 유니버설 디자인과가 개설된 대학 홈페이지를 방문해서 살펴봤다.

'유니버설 디자인' 용어는 아홉 살 때 척수성 소아마비에 걸려 휠체어를 이용했던 미국의 건축가 로널드 메이스(Ronald L. Mace, 1942-1998)가 처음으로 만들었다. 네이버 백과사전은 '유니버설 디자인'을 이렇게 소개하고 있다. '모든 사람을 위한 디자인(Design For All), 범용(汎用) 디자인이라고도 불린다. 이렇게 디자인된 도구, 시설, 설비 등은 장애가 있는 사람뿐 아니라 건강한 사람들에게도 유용한 것이다. 장애의 유무와 상관없이 모든 사람이 무리 없이 이용할 수 있도록 도구, 시설, 설비를 설계하는 것을 유니버설 디자인이라고 한다. 최근에는 공공교통기관 등의 손잡이, 일용품 등이나 서비스, 또 주택이나 도로의 설계 등 넓은 분야에서 쓰이는 개념이다.'

2018년 대구교육연수원에서 '체인지 메이커 교육' 직무연수를 들었다. 집합 연수로 진행된 이 연수는 토요일 아침 9시부터 시작하여 오후 4, 5시쯤 마쳤다. 체인지 메이커 내용 중 인상적인 하나는 유니버설 디자이너 패트리샤 무어에 관한 이야기다. 그녀가 디자인한 제품을 내가 사용하고 있다는 사실을 발견했다. 3년 전 가스레인지 위에 냄비를 올려놓고 불꽃이 완전히 꺼지지 않았다는 걸 확인하지 못한 채 출근을 했다. 퇴근하여 집에 가니 약한 불꽃이 온종일 냄비에 담긴 물을 다 증발시키고 냄비 바닥을 하얗게 만들었다. 십년감수했다. 이후 소리 나는 주전자를 샀다. 나를 비롯하여 사람들은 대개 여행 시 바퀴 달린 여행용 가방을 편하게 이용한다. 이렇게 유용하게 사용하고 있는 제품을 디자인한 사람을 알게 되다니. 그때부터 유니버설 디자인에 관해 관심이 생겼다.

　패트리샤 무어는 노인을 위한 디자인을 준비하면서 3년간 노인의 불편함을 몸소 체험했다. 실제 할머니처럼 변장하고 경험을 했다. 뿌연 안경을 착용해 시야를 흐리게 하고 솜으로 귀를 막아 잘 들리지 않게 했다. 철제 보조기구를 끼고 다리의 움직임도 노인처럼 둔하게 했다. 이런 경험을 통해 그동안 느끼지 못했던 노인의 불안감과 불편함을 이해했다. 패트리샤 무어는 3년간 경험을 토대로 '모두가 불편하지 않은 제품'을 디자인했다고 한다. 그렇게 해서 탄생한 것이 소리 나는 주전자와 바퀴 달린 가방, 저상 버스 등이다. 로널드 메이스로부터 시작된 유니버설 디자인이 패트리샤 무어의 노인에 관한 관심과 배려로 우리 사회를 변화시키고 있다.

07

일상에서 행복해지자

길을 걷거나 일을 할 때 흥얼거리는 노래가 있다. 자이언티의 '양화
대교'다. 어린 시절 택시 운전사인 아버지와 가족에 대한 마음을 담은
노래다. 이 노래를 들으면 부모님과 형제가 함께 모여 살았던 나의
어린 시절이 떠올라 좋아하는 노래다.

> 행복하자
> 우리 행복하자
> 아프지 말고 아프지 말고
> 행복하자 행복하자

사랑하는 가족이 아프지 않고 행복하기를 바라는 노랫말이 따뜻하
다. '행복하자, 행복하자' 입안에서 흥얼거리다 보면 입가에 미소도
생기고 주변을 바라보는 마음에 포용심도 생긴다.

통학버스는 8시 30분 도착 예정이다. 통학버스가 언제 도착할지 몰
라 조금 일찍 아이들을 맞이하러 나가 기다리는 동안 화단에 핀 꽃을

감상했다. 차량이 정차하는 길 양옆으로 여러 종류의 꽃이 소담스럽게 피어있다.

운이 좋으면 1년에 한두 번은 이 길을 산책하며 국어 수업을 한다. 어쩌다 7교시에 아이들이 이런저런 이유로 하교하고 한두 명만 남아있을 때가 있다. 그런 날은 날씨가 따뜻하면 아이들과 시집을 한 권 들고 산책하러 나간다. 화단을 한 바퀴 돌며 꽃 모양도 관찰하고 꽃을 소재로 경험한 내용에 관해서도 이야기를 나눈다. 허브를 톡톡 가볍게 두드려 서로 코끝에 전해오는 향기를 맡는다.

야외 수업에 대한 로망이 있다. 봄꽃 소담히 피어있을 때나 운동장 단풍나무가 노랗고 빨갛게 물들 때, 시집 한 권 들고나와 음악을 켜놓고 수업을 하고 싶다. 아이들과 시를 주거니 받거니 읽고 눈을 감고 자연의 소리를 느끼는 수업을 하면 마음이 살찐다는 느낌을 받는다.

화단에 핀 꽃잎 하나하나를 눈으로 손으로 쓰다듬어본다. 화단에는 여러 종류의 허브가 가득 자라고 있다. 저쪽에서부터 손바닥으로 라벤더를 쓸어 온다. 라벤더 향이 좋다. 건드리자 톡톡 터진 허브향이 주변으로 퍼진다. 손을 비벼 코끝에 대고 흠뻑 들이마시니 싱그러운 라벤더 향이 뇌 속 깊이까지 전해진다. 마침 도착한 통학버스에 올라 아이 손을 맞잡았다. 한 발 한 발 조심히 떼며 내려오는데 라벤더 향이 아이에게 전해졌나 보다.

"선생님, 이게 무슨 냄새예요"

"흠, 냄새 어때? 좋아?"

"좋은 냄새가 나네요."

"흠, 저기 피어있는 라벤더 향이야."

현관으로 들어오는 길 왼쪽 화단의 꽃들도 하늘하늘거리며 등교하는 아이들을 반겨준다.

나들이 콜(대구지역 중증 장애인 특별교통수단)에서 내리는 학생에게 담임선생님이 다가간다. 등교 시간이면 현관 앞은 5일장이 서는 어느 인심 좋은 시골 장터 같이 북적댄다. 나들이 콜을 타고 오는 아이, 엄마 차를 타고 오는 아이, 통학버스에서 내려 선생님과 함께 오는 아이. 부모님이 직장에 다녀 활동 보조 차를 타고 오는 아이들도 있다. 북적대지만 일사불란하다. 차가 한 대 들어오면 어떤 학생 차인지 대부분 선생님은 다 안다. 통학 담당 선생님이 들어오는 차가 주차할 위치를 정해 신호를 준다.

"○○ 차입니다"

소리가 무섭게 담당 선생님은 학생 휠체어를 밀고 차 앞에 다가간다. 담임이나 부담임 아니면 힘 좋은 남선생님이 다가가서 차 안에 있는 아이를 안고 내려 휠체어에 앉힌다. 손발이 척척 맞는다.

"○○야, 어서 와"

"선생님, 안녕하세요?"

"오, ○○ 왔구나, 어서 오너라"

"네, 선생님 안녕하세요?"

차에서 내려 교실로 들어서기까지 아이들은 적어도 다섯 번, 많게는 열 번 이상의 인사를 한다. 처음 만나는 선생님과 반갑게 인사를 한다. 한 발 나아가면 아이들을 맞이하기 위해 줄 서 있는 여러 선생님이 기다리고 있다. 아이들 인사하는 모습을 보면 아무래도 아침 풍경을 즐기는 것 같다. 두 번째 선생님까지는 인사를 하다 세 번째 선생님께는 인사를 건너 띈다. 당황한 선생님이 왜 나한테는 인사를 안 하냐고 호들갑을 떨면 아이는 신나게 웃으며 네 번째 선생님과 인사를 나눈다. 어라! 차에서 내려 교실까지 가는 시간이 꽤 길다.

3월 초인가? 아직 쌀쌀한 공기를 맞으며 동네를 산책하다 보니 여기저기 새순이 올라와 봄이 오고 있음을 알려 주고 있다. 이제 막 올라온 듯한 연두색의 새순이 반가워 얼른 카메라에 담았다. 새순은 여리지만, 연두색이어서 연두 낱말이 가지고 있는 힘이 내재해 있다. 희망과 잠재된 가능성이 내게 온 것 같아 절로 발걸음이 가벼워진다. 조금 있으면 연두는 숲을 가득 품고 초록으로 성장하겠지!
　연두를 좋아하는 이유다. 쉽게 부서질 듯한 연두지만 연록을 지나 초록의 길로 간다. 올해 나의 계획들은 연두이지만 연록, 초록이 되기를 희망한다.

매화가 피면 겨울이 스스로 물러난다. 꽃이 피니 봄을 맞이한다는 표현이 맞겠지만 나는 매화가 겨울을 보낸다고 표현한다. 산책길에 매화를 만났다. 매화는 은은한 향이 기품 있다. 강렬해서 사람의 마음을 단 한 번에 사로잡는 무엇도 좋지만 급하지 않고 은은하며 은근한 무엇도 좋아한다. 작은 꽃송이가 귀엽기도 하고 순백의 색이 내 마음을 사로잡는다.

몇 해 전 겨울, 방학이지만 추운 날씨에 집안에만 있으니 답답하여 군고구마를 판다는 팔공산 어느 허브 농원을 찾았다. 7살이던 딸아이 손을 잡고 추우니 어서 가자며 농원 안으로 들어갔다. 우리를 뒤따라

한 가족이 들어온다. 다운증후군 여학생이 가족들과 함께 왔다. 우리는 고구마가 익어가는 주변에 빙 둘러앉아 불을 쬐며 오감을 열어 행복을 음미하고 있었다. 적당히 시원한 공기, 눈앞에 펼쳐진 다양한 종류의 허브, 침샘을 자극하는 고구마 익어가는 냄새, 타닥타닥 장작 타는 소리. 모두 고구마가 어서 익기를 기다리고 있다. 오른쪽 옆자리에 앉은 한 노부부가 행복한 기억을 떠올리는지 그윽한 미소를 짓고 있다. 맞은편에 초등학생으로 보이는 아이와 함께 온 젊은 엄마가 노부부의 미소를 따라 씩 웃는다. 우리 왼쪽에는 다운증후군 아이가 고구마에서 눈을 떼지 못하고 있다. 어찌나 뚫어지게 쳐다보는지 고구마를 굽던 아저씨가 '아이고 꼬마 아가씨, 눈알 튀어나오겠네. 조금만 기다리세요. 다 익어갑니다'라며 고구마를 뒤집는다. 모두가 웃었다. 나도 침이 넘어간다. 빨리 익어라. 다운증후군 아이도, 아이의 엄마도, 노부부도 정감 있는 장작불 고구마 앞에서 입맛을 다신다. 고구마가 천천히 익었으면 좋겠다. 조금 더 오래 앉아 있어도 좋을 것 같다.

가끔 생각해보면 나는 늦는 게 많다. 오십 언저리쯤인가? 행복은 내 마음에 있고 항상 가까이에 있다는 것을 발견했다. 행복은 조건이 없었다. 누구나 평등하게 일상에서 행복을 누릴 수 있다. 가까이 있는 행복을 발견하려는 눈과 마음만 있으면 된다. 학교에서 환하게 웃는 아이들을 바라보면 나도 절로 웃음 짓는다. 가족과 하루 이야기를 나누며 저녁을 먹는 시간이 좋다.

인간은 누구나 소중한 생명을 가졌기에 존중받아야 한다. 오늘보다 더 나으리라 생각하며 내일을 맞이한다. 건강해지기 위해 운동을 하고, 윤택한 생활을 위해 열심히 일하며 돈을 번다. 즐거움을 추구하며 취미 생활을 하고, 마음을 가꾸기 위해 여행을 떠난다.

아침에 눈을 뜨면 오늘도 행복한 하루가 되기를 소망한다. 내 행복을 찾고 지키기 위해 노력한다면 타인의 행복도 존중하고 지켜주는 마음을 가져야 한다. 존중받고 싶다면 존중해야 한다. 내 아이가 귀하면 남의 아이도 귀하다.

자신이 원하지 않았지만, 장애를 갖고 태어난 아이들은 오늘도 평범한 일상을 위해 한 걸음 한 걸음 내디디며 특별한 하루를 보내고 있다. 다름을 받아들이고 노력하는 모습에 응원을 보낸다.

오늘 나의 즐겨찾기는 '일상에서 행복한 삶'이다.

오늘 행복하십니까?

YES!

▐ 에필로그

이 책은 특수교사인 나의 일상과 평범한 일상을 꿈꾸는 아이들, 그리고 특수교육을 바라보는 여러 시선에 대해 '장애 이해, 관심과 배려, 함께 행복하기'의 키워드로 이야기가 펼쳐졌다.

어느 조사 기관에서 '행복의 조건이 무엇인가?'에 대해 조사를 했더니 1순위가 '돈'이었다. 물질이 행복의 우선순위가 된 시대에 내가 만난 특수학교 아이들은 평범한 일상에서 조금 다른 행복을 꿈꾼다.

나는 지적장애 학교, 발달장애 학교, 지체 장애 학교에서 근무했다. 이 책은 각 학교에서 근무하며 보고 느낀 나의 경험을 이야기로 담고 있다. 특수교육 이해 개론서가 아닌 특수학교에서 아이들과 함께 생활하며 경험한 나의 일상 이야기다. 여러분들이 스토리 중심의 이 책을 읽으며 마지막에 여러분이 만났던 어떤 장애 아이를 떠올려보는 시간이 되었기를 꿈꿔본다.

평범한 일상을 보내기 위해 특별한 노력을 하며 꿈꾸는 아이들! 이 책에서 아이들의 이야기를 들었다면 격려와 응원을 바란다. 이야기를 조금 더 자세히 들여다보면 아이들이 일상에서 어떻게 행복을 찾아가는지도 발견할 수 있다. 그 모습을 발견했다면 여러분은 행운아다.

오늘부터 욕심내지 않고 행복한 삶을 가꾸는 시간을 보낼지도 모른다. 그리고 몸과 마음이 불편한 장애 아이들에 대해 조금 더 이해하게 되고 먼저 다가가려는 마음이 생길 수도 있다.

자녀가 장애를 이겨내며 꿈을 꾸고 성장하는 과정을 가까이서 응원하고 지지하는 가족이 있다. 하루의 일상을 오롯이 자녀를 챙기기도 하고, 소리를 지르고 떼를 쓰는 아이를 달래느라 어쩔 줄 몰라 하는 엄마를 만난다면 조금 이해하고 기다려주는 이웃이 되어 달라고 말하고 싶다. 배려가 필요하다.

올해도 4월 20일이면 우리나라 대부분 학교에서는 장애인식 개선이나 장애 이해를 위한 수업과 체험 활동을 할 것이다. 부디 이런 활동을 통해서 장애에 대한 이해를 높이고 인식을 개선하기를 바란다. '내가 원해서 장애를 갖고 태어난 게 아니다'라는 시처럼 장애로 인해 평범한 일상을 살아가는 데 겪는 어려움과 그것을 이겨내는 노력을 우리 이웃이 알았으면 좋겠다. 몸과 마음이 불편한 내 이웃이 있다면 무엇이 얼마나 불편한지 내가 배려하고 도울 수 있는 일이 무엇인지에 대해 관심을 두는 이웃이기를 바란다.

미국의 디자이너 패트리샤 무어는 3년간 노인의 불편함을 몸소 체험하며 바퀴 달린 가방과 저상 버스를 디자인했다. 인천공항에 가 보라! 거의 모두라고 해도 될 만큼의 여행객들은, 짐이 가득 들어 배가 빵빵한 바퀴 달린 가방을 쉽게 끌고 다닌다. 함께 살아가는 이웃에 관한 관심과 배려로 우리는 더불어 편리한 여행을 할 수 있게 되었다.

20년 차 특수교사로 살면서 다양한 분야의 사람들을 만났다. 아이들과 그 가족, 특수교육과 관련된 사람들, 현장학습을 나갈 때 만나는 이웃들, 자원봉사자들, 다양한 사람만큼 시선도 다양하다. 2001년도의 특수교육과 2020년의 특수교육은 제도와 시설 인식 등 모든 면에서 변화가 일어났다. 내가 처음 특수교육을 시작할 때와 20년이 흐른 지금의 사회도 많이 변했다. 학교에서는 학급당 인원수가 줄어서 아이들에게 한 번 더 눈 맞춤을 하며 수업을 할 수 있다. 실무원이 없던 시절, 수업하다가 학생이 급하게 화장실을 가려 하면 수업을 중단했다. 지금은 그러지 않아도 된다. 활동 보조원과 바우처, 행복카드까지. 장애인을 대하는 인식도 달라지고 있다. 서문시장 할머니의 따뜻한 눈길처럼 그렇게 우리를 맞이하는 이웃들도 많아졌다. 세상은 변화의 흐름이 너무 빠르니 특수교육도 앞으로 10년 아니 5년 후 어떤 변화가 일어날지 몹시 궁금해진다.

삶에서 특별하게 기억되는 일상은 나와 관련된 외부 사건으로 발생하거나 생일이나 합격과 같은 일들이다. 그리고 어느 날 문득 찾아온 내면의 충격 파장으로 특별함을 경험한다. 책을 읽다가, 멍한 시간을 보내다가, 여행하다가 문득 마음을 울리는 파장을 경험한다. 아이들과 생활하면서 나를 되돌아보는 시간이 자주 생겼다. 이를 두고 내 동생들은 '언니가 수양이 오버 됐다'라고 말한다. 동료 선생님들은 어떤 이야기로 처음을 시작하던지 마무리는 아이들 이야기로 끝을 맺는다.

아이들과 나는 학교에 있는 동안 많은 시간을 공유한다. 그래서 가끔은 아이들 일상이 나의 일상이 되기도 한다. 통학버스를 타고 오는 아이, 통학버스를 타고 오는 아이를 데리러 가는 나! 우리는 만나서 서로 반가운 인사를 나눈다. 둘 다 아프지 않고 건강하게 학교에 왔으니 반갑다. 수업 시간, 아이들과 나는 책을 매개로 웃고 떠들다

진지해졌다가 그렇게 하루를 보낸다. 하교 시간이 되면 엄마와 함께 집으로 가거나 통학버스를 타거나 나들이를 타고 아이들은 각자의 시간으로 돌아간다. 나는 아직 아이들의 여운이 남았다. 일과를 정리하고 내일 수업을 준비하며 아이들과 공유한 하루를 정리한다.

아이들 일상은 어떻게 기록될까?

'식목일이다. 우리 반은 오늘 다육식물을 심는다. 지난번처럼 쏟지 말아야지! 걱정된다. 선생님이 비닐장갑을 끼워 주는데 우리 엄마보다 영 못 끼운다. 그렇지만 기분이 좋다. 내 손은 얄밉게도 자기 마음대로다. 검지와 중지 사이에 선생님이 거름망을 끼워 줬다. 나는 힘과 거리를 조절해서 거름망을 화분 안으로 툭 던졌다. 이쯤이야! 드디어 흙을 담아야 한다. 선생님과 함께 모종삽을 잡았다. 선생님은 힘을 빼고 내 손이 가는 데로 따라간다. 무사히 굵은 모래를 떠서 화분에 넣었다. 선생님과 친구들이 잘했다고 엄지 척을 해 준다. 성공! 오늘 나는 흙을 쏟지 않고 화분에 잘 담았다. 다음에는 꽃을 심어봐야겠다.'

화분에 굵은 모래를 쏟지 않고 담을 수 있어서 행복해하는 아이의 일상을 발견한 날이다. 나도 함께 행복한 하루다.

박호숙

20년 차 특수학교 교사이다. 초등학교 졸업 3일 만에 돈을 벌기 위해 사회생활을 시작했지만, 공부가 하고 싶었고 이후 특수교사가 되었다. 현재는 평범한 일상을 보내기 위해 특별한 하루를 보내는 장애 학생들과 행복한 일상을 공유하며 지내고 있다. '햇살', '여행', '행복'이라는 단어를 좋아하고 하루하루를 소중하게 가꾸며 글 쓰는 삶을 꿈꾼다.

조금 다른 행복

초판인쇄　2020년 6월 19일
초판발행　2020년 6월 19일

지은이　박호숙
펴낸이　채종준
펴낸곳　한국학술정보㈜
주소　경기도 파주시 회동길 230(문발동)
전화　031) 908-3181(대표)
팩스　031) 908-3189
홈페이지　http://ebook.kstudy.com
전자우편　출판사업부　publish@kstudy.com
등록　제일산-115호(2000. 6. 19)

ISBN　978-89-268-8172-9　03810